LITTLE NIGHTS
Gabriella Queen

LITTLE NIGHTS

GABRIELLA QUEEN

Haydn Lawfield ist mein Chef - gutaussehend, stark, erfolgreich. Ich bin nur ein Assistent, der Überstunden schiebt, kaum jemand, den man bemerken würde. Dass ich eine Schwäche für meinen Chef habe, ist ein Geheimnis. Ich habe nicht geahnt, dass sein Geheimnis noch größer ist: Er ist ein Little. Und in dieser einen, besonderen Nacht, bekomme ich die Chance, es ihm zu zeigen.

Über den Autor:
Gabriella Queen schreibt über Pizzaboten, Pornostars, Piloten und alles dazwischen. Ihre Romane sind nie 'bloß' Liebesgeschichten. Zwischen den Zeilen verbergen sich alltägliche Probleme genauso wie Tabuthemen, bei denen sie regelmäßig großes Fingerspitzengefühl beweist. Es geht um Sex und Liebe, Angst und Mut, Freiheit und Grenzen. Was alle Geschichten vereint, sind die Protagonisten: Stets Männer, von asexuell bis schwul, immer authentisch.

Für alle, die bunt leben
und leben lassen.

Bibliografische Information der Deutschen Nationalbibliothek: Die Deutsche Nationalbibliothek verzeichnet diese Publikation in der Deutschen Nationalbibliografie; detaillierte bibliografische Daten sind im Internet über dnb.dnb.de abrufbar.

Die automatisierte Analyse des Werkes, um daraus Informationen insbesondere über Muster, Trends und Korrelationen gemäß §44b UrhG („Text und Data Mining") zu gewinnen, ist untersagt.

Verlag: BoD · Books on Demand GmbH, In de Tarpen 42, 22848 Norderstedt, bod@bod.de

Druck: Libri Plureos GmbH, Friedensallee 273, 22763 Hamburg

Covergestaltung: Constanze Kramer, coverboutique.de

Bildnachweise: ©f11photo, ©Cressida studio – stock.adobe.com freepik.com, rawpixel.com

ISBN: 978-3-7693-2491-4

Inhaltswarnung: Vergewaltigung

KAPITEL 1 – JEFFREY

JEFFREY WAR WAHRSCHEINLICH der einzige arbeitende
Mensch in dieser Stadt, der Überstunden liebte. Aber es gab
einen einfachen Grund dafür: seinen Boss, Haydn Lawfield.
Verstohlen blickte Jeffrey über den Papierstapel in seinen
Armen hinweg, um zu dem Anwalt hinüberzusehen. Sofort
hatte er den Duft seines Aftershaves in der Nase, obwohl er
ihn nur betrachtete – ein überraschend verspielter Geruch mit
einer Erdbeernote. Überhaupt nicht das, was er bei einem Mann
wie ihm erwartet hatte, und trotzdem war Jeff süchtig danach.

Er liebte es, wenn Haydn zu seinem Schreibtisch kam, sich
schräg hinter ihn stellte, einen Arm auf die Platte stützte und
nahe an seinem Ohr Anweisungen gab. Andere Angestellte
bekamen in solchen Situationen Angst, auf Fehler hingewiesen
zu werden – Jeff bekam nur eine wohlige Gänsehaut.

Jetzt gerade ging Haydn in seinem Büro auf und ab und tele-
fonierte über das Headset. Der Raum war vom restlichen
Bereich abgetrennt. Die Wände waren aus Glas und der größte
Teil der Oberfläche war mit einer milchigen Schicht überzogen,
die alles verwischte, was drinnen passierte. Nur auf Kopfhöhe
gab es einen Streifen, durch den man klar sehen konnte.

»Du stehst im Weg«, fauchte eine Frauenstimme und Jeff sprang eilig zur Seite, bevor Carry auf ihren Highheels an ihm vorbeiflügte und nur knapp seine Zehen verfehlte.

Sie arbeitete auch für Haydn und im Büro machte das Gerücht die Runde, dass sie versuchte, ihm schöne Augen zu machen. Bisher war sie damit nicht weitergekommen – Jeff hatte das genauestens beobachtet. Zu seiner Erleichterung verhielt Haydn sich stets sehr distanziert ihr gegenüber und ehrlich gesagt war er sich auch relativ sicher, dass sein Boss Männer bevorzugte.

Was nicht bedeutete, dass zwischen ihnen weniger Distanz geherrscht hätte … aber Jeff hatte doch den Eindruck, dass Haydn ihn länger ansah als sie, dass er anders sprach und sich sogar anders bewegte, wenn er in seiner Nähe war. Vielleicht Wunschdenken. So oder so hatte Jeff sich damit arrangiert, bei diesem Mann nicht weiterzukommen. Immerhin waren sie in einem beruflichen Verhältnis gefangen. Falls er eines Tages den Mut hätte, ihn um ein Date zu bitten, würde er vorher kündigen müssen. Bis dahin würde er es einfach nur genießen, ein Planet in Haydns Umlaufbahn zu sein.

Jeff schleppte den Papierstapel in einen Raum am Ende des Flures. Dort saßen wie jede Woche ein Dutzend Praktikanten, die sich ums Abheften kümmerten. Ein kleines Grinsen zeichnete sich auf seinem Gesicht ab, als er ihnen den Stoß Akten überließ. Früher hatte er auch mal gedacht, er würde Anwalt werden. Inzwischen hatte er sich damit abgefunden, dass er eher zum Assistenten taugte.

Es war ihm zu schwer gefallen, sich all die Paragraphen und Absätze zu merken und auch die Vorstellung, im Saal ein Plädoyer zu halten, bereitete ihm schwitzige Hände. Außerdem hatte er gemerkt, dass er seine Ader, anderen zu helfen und sie zu unterstützen, besser ausleben konnte, indem er assistierte.

Seine Stärken lagen darin, den Überblick zu behalten, zu erkennen, was andere brauchten und es ihnen zu organisieren. Dabei war er sich nicht zu fein, Botengänge zu machen oder das Telefon zu übernehmen, Ausreden zu finden, Termine hin und her zu schieben und sich am Papier zu schneiden. Es gefiel ihm, an juristischen Fällen zu arbeiten, ohne dabei im Rampenlicht zu stehen. Ein Teil davon zu sein, erfüllte ihn. Nicht jeder musste an der Spitze stehen. Er war eben einer von denen, die denen an der Spitze den Rücken stärkten.

Jeff warf einen kurzen Blick auf die Tabelle neben Meetingraum eins und nickte. Dann lief er zu dem zweiten großen Zimmer und machte sich an die Vorbereitung für ein Treffen zwischen Haydn, dem Senior Partner Turner und einem großen, neuen Mandanten.

Er wischte den langen Tisch ab, pickte mit spitzen Fingern Fusseln von den Stühlen, stellte Wasser bereit und legte auf jeden Platz den richtigen Aktenhefter und ein frisch aufgeladenes Tablet. Außerdem überprüft er die Funktion der Fernbedienung für den großen Bildschirm und kochte genau zur rechten Zeit Kaffee, damit er noch warm und frisch war, wenn das Spektakel begann.

Während er ein letztes Mal alles überprüfte, fiel ihm auf, dass vor der großen Fensterfront Schnee fiel. Die ersten großen Flocken in diesem Winter. Für ein paar Sekunden blieb er wie gefangen von dem Anblick stehen und sah zu. Dann nahm er sich zusammen und flitzte aus dem Raum.

Zufrieden mit seiner Arbeit und seiner Pünktlichkeit lief er auf Haydns Büro zu. Durch den klaren Glasstreifen konnte er ihn nicht sehen, was bedeutete, dass er wahrscheinlich hinter seinem Schreibtisch saß. Jeff klopfte an und trat ein.

9

Sein Chef saß tatsächlich am Tisch, hatte den Kopf gesenkt und massierte sich mit einer Hand Stirn und Schläfe. Besorgt trat Jeffrey näher.

»Das Meeting ist vorbereitet«, sagte er. »Der Kaffee wird heiß sein, wenn Sie beginnen.« Haydn regte sich kaum und Jeff nahm das als Anlass, noch einen Schritt näher heranzutreten. Vor dem Anwalt lag ein Notizblock, dessen rechte untere Ecke vollgekritzelt ... nein, mit kleinen Zeichnungen bedeckt war. Blumen, Blumenranken und Tierköpfe, wenn er das richtig erkannte. Jeff hob eine Augenbraue, dann musterte er wieder Haydns Gesicht. Er wirkte abwesend.

»Ist alles in Ordnung, Mister Lawfield? Soll ich Ihnen etwas bringen? Eine Kopfschmerztablette?«, bot er an.

Erst jetzt schien der Mann ihn so richtig zu bemerken, obwohl er ihn ja hereingebeten hatte. Er hob den Kopf, blickte ihn einen Moment lang verschreckt an und schob die rechte Hand über die Zeichnungen auf dem Notizblock, als seien sie ihm peinlich.

»Ja, das wäre nicht schlecht«, murmelte er, dann drehte er den Notizblock um und fuhr sich mit beiden Händen massierend übers Gesicht und die Kopfhaut. Jesus, wie gerne hätte er Haydn angeboten, ihn zu massieren. Den verspannten Nacken, die Schultern, den Kopf, ganz egal.

Was das wohl zuletzt für ein Telefonat gewesen war? Anscheinend ein sehr kräftezehrendes. Jeff wollte nachfragen, verbiss es sich aber. Es ging ihn nichts an. Und so sehr er sich auch eine engere Beziehung zu Haydn wünschte – er würde sie nicht bekommen. Da brauchte er sich keine Illusionen zu machen.

Also erledigte er lieber seinen Job und eilte aus dem Raum. Auf dem Flur steuerte er direkt das Badezimmer der Kanzlei an, in dem auch das Medizin-Schränkchen hing. Dann schenkte er in der Küche noch ein Glas Wasser ein und trug beides zu Haydn zurück, der es ihm dankbar abnahm.

»Kann ich sonst noch etwas tun?«, fragte Jeff. »Vielleicht einen Snack? Oder soll ich die anderen informieren, dass das Treffen etwas später beginnt?« Das wäre eine extrem unangenehme Aufgabe, aber er war zu allem bereit. Wenn Haydn noch Zeit brauchte, um die Tablette wirken zu lassen und sich dem Meeting vorher nicht stellen wollte, würde er den Ärger der anderen gerne auf sich nehmen. Es war ja immer der Überbringer schlechter Nachrichten, der dafür verantwortlich gemacht wurde.

Haydn gab ihm das leergetrunkene Glas zurück und Jeff streckte die Hand danach aus. Ihm fiel auf, dass sein Chef auf seinen Ärmel starrte. Oh shit, er hatte vergessen, den Knopf wieder anzunähen. Das Ding hing seit gestern auf halb acht. Er war damit ungeschickt an einem Zaun hängen geblieben und hatte ihn sich beinahe abgerissen. Eigentlich hatte er ihn heute früh noch schnell annähen wollen.

Eilig legte Jeff die andere Hand auf die Stelle und senkte den Arm. »Tut mir leid! So wollte ich mich hier nicht präsentieren. Ich nähe es sofort wieder an.« Da Haydn ja nichts weiter zu brauchen schien, stürmte er aus dessen Büro und hinüber zu seinem Platz. Tatsächlich hatte er Nadel und Faden in einer Schublade deponiert, seit Haydn einmal bei einer Handgreiflichkeit das Hemd eingerissen war.

Jeff seufzte bei dieser Erinnerung. Das war eine seiner Sternstunden gewesen. Nachdem er seinen Chef beruhigt hatte, war er losgesprintet und hatte die Nähsachen in einem nahegelegenen Laden gekauft und sie repariert, bevor Haydn zu seinen nächsten Terminen musste. Das hatte sich unendlich gut angefühlt.

Zweifelnd betrachtete er den hellblauen Faden. Der passte eigentlich nicht zu seinem Jackett ... aber er würde das ausbessern. Mit geübten Handgriffen fädelte er den Faden ins Öhr und nähte den Knopf wieder an der Stelle fest, an die er gehörte. Als alles saß und verknotet war, nahm er sich einen dunklen Tintenroller und färbte damit ganz ganz vorsichtig den hellblauen Faden ein. Perfekt.

Gerade, als er den Kopf wieder hob, sah er, wie Haydn den Flur entlanglief, die Miene deutlich angespannter als sonst und irgendwie auch ein wenig blass. Das machte ihm Sorgen. Die Mandanten und Turner waren auch da und folgten ihm. Hoffentlich gab es keine Probleme.

Was würdest du machen, wenn es welche gibt? Wenn Haydn die Kanzlei verlassen müsste?, fragte er sich still und leise. Die Antwort kam schnell. *Ich würde ihm in seine neue Kanzlei folgen, wenn er mich lässt.*

KAPITEL 2 – HAYDN

HAYDN SAß IN Meetingraum zwei und beobachtete, wie riesige Schneeflocken an der Fensterfront hinab rieselten wie Daunenfedern aus einem Kissen. Er saß besonders aufrecht auf seinem Stuhl und hielt die neutralste Miene aufrecht, zu der er fähig war. Das war eine seiner Stärken als Anwalt, sein Pokerface. Er konnte es tragen wie eine Maske.

Turner, der Senior Partner, redete gerade mit den Mandanten. Eine große Tech-Firma mit einem Markenrechtsstreit im Schlepptau. Das war Turners Spezialität, aber ebenso zum Teil sein Gebiet. Sagen musste er allerdings nichts – es schien dem Senior zu reichen, dass er mit dabeisaß und bedeutungsschwer nickte.

Mehr hätte er im Moment auch nicht leisten können. Haydn fühlte, dass er immer mehr abdriftete, obwohl er wirklich versuchte, Turners Vortrag zu folgen, und bei der Sache zu bleiben. Die Schneeflocken lenkten ihn ab wie ein hüpfender Ball einen Hundewelpen.

Einerseits war das schlecht – falls doch jemand eine Frage an ihn richten würde – andererseits war es gut, weil es ihn auch von einer anderen Sache ablenkte ...

Seine Nachbarin hatte vorhin angerufen und berichtet, dass Zac wieder da war und anscheinend in seiner Wohnung auf ihn wartete. Haydn war sofort übel geworden, als er das gehört hatte und auch jetzt regte sich sein Magen. Er atmete tief durch und erwischte sich dabei, wie er an der Unterlippe saugte. Schnell verbot er es sich wieder. Das konnte er allein in seinem Büro machen, aber nicht im Meeting.

Es waren schon seltsame Dinge, die ihn manchmal überkamen, wenn er nervös oder gestresst war. Das Saugen an der Unterlippe war nur einer dieser Ticks. Er fing auch manchmal an, Akten vollzumalen oder irgendwelche Lieder zu summen – nicht etwa aktuelle Popsongs, sondern eher die Jingles irgendwelcher Trickfilmserien aus seiner Kindheit.

Jetzt unterdrückte er diesen Drang und ließ sich stattdessen von den herabfallenden Schneeflocken mitnehmen.

Zac, dachte er immer wieder. *Zac, in meiner verdammten Wohnung.*

Hoffentlich rief Lynette nachher nochmal an und gab Entwarnung. Er würde ganz sicher nicht in die Wohnung fahren, wenn sein Ex dort herumlungerte. Fuck, er würde wohl umziehen müssen. Das war besser, als nur das Schloss auszutauschen.

Es wurde merklich dunkler im Raum, während der Vortrag andauerte. Turner war inzwischen dazu übergegangen, die Präsentation am Monitor durchzugehen. Haydn richtete seinen Blick darauf, ohne den Inhalt wahrzunehmen, aber er kannte das ja sowieso alles.

Dann begann die Fragerunde. Als er seinen Namen hörte, horchte er auf. Aber es ging nur darum, dass Turner sagte, er habe durch ihn eine zusätzliche Fachmeinung unter demselben Dach.

Er nickte seriös und die neuen Mandanten wirkten zufrieden. Haydn hatte früh verstanden, dass es in diesem Job neben sauberer Arbeit vor allem um Ausstrahlung und Darstellung ging.

Er beherrschte alle drei Dinge, war gut mit den Büchern, gut im Formulieren, gut darin, den Anwalt zu spielen, den die Leute erwarteten. Er hatte wohl genau die richtigen Gesichtszüge für diese Rolle, oder die richtige Stimmlage. Man nahm ihm ernst. Und die meiste Zeit über gefiel ihm das. Manchmal war es zu viel und vor allem zu lange. Das hatte er vor allem auf Geschäftsreisen gemerkt. Je länger er mit anderen zusammensein musste, umso anstrengender wurde es ... *er zu sein.* Er konnte gar nicht genau beschreiben, was es war, das ihn daran so stresste. Es war einfach so.

Manchmal wollte er einfach nur vor einem Fernseher zur Seite kippen und sich zusammenrollen, während irgendeine alte Zeichentrickserie lief.

Mister Turner klatschte in die Hände. »Gut, dann sollte alles klar sein, nicht wahr?« Ihr Treffen löste sich in leisem Gemurmel auf und Haydn blieb noch einen Moment sitzen, um die Schneeflocken zu betrachten. Wäre das ein normaler Tag gewesen, hätte er das Büro jetzt verlassen, weil er merkte, dass er der Sache nicht mehr gerecht wurde.

Aber er konnte nicht nach Hause, solange Zac dort war. Auf keinen Fall würde er ihm begegnen. Nicht, nachdem...

»Lawfield? Sie sehen kränklich aus. Irgendwie blass um die Nase.«

»Oh, es ist nichts«, sagte er schnell und stand auf. »Ich glaube, die Milch in meinem Kaffee war sauer. Das ist alles.«

Turner schnaubte und murmelte etwas von unaufmerksamem Personal. Haydn folgte ihm aus dem Meetingraum heraus und schloss die Tür hinter sich.

Dann belagerte er sein Telefon. Er saß auf dem Bürostuhl, ein Bein auf die Sitzfläche gezogen und starrte den schwarzen Kasten an – aber nichts tat sich. In seinem Kopf entfalteten sich Bilder von Zac, wie er in der Wohnung herumschlich oder auf seinem Wohnzimmersofa fläzte. Oder vielleicht kochte er auch Essen für sie beide. Pah.

Er wusste, dass es das Vernünftigste wäre, die Polizei zu rufen, aber das hatte er schon damals nicht getan und brachte es auch jetzt nicht über sich. Dann müsste er erzählen, was passiert war, und das konnte er nicht. Vielleicht könnte er gemeinsam mit jemand anderem zu seiner Wohnung fahren, dann müsste er Zac nicht allein gegenübertreten, aber das Problem daran war, dass niemand hier wusste, dass er schwul war, und ein Ex-Freund würde diese Sache natürlich aufdecken.

»Ach, fuck«, fluchte er leise und massierte sich wieder mit beiden Händen den Kopf. Er hätte tausendmal lieber irgendeinen aussichtslosen Fall vor Gericht verhandelt, als sich mit dieser Scheiße zu beschäftigen.

Du musst nur abwarten, sagte er sich, um sich zu beruhigen. Zac konnte sich nicht ewig bei ihm Einnisten. Und sobald er weg war, könnte er die Schlösser austauschen. Der Umzug müsste dann der nächste Schritt sein. Er hatte ehrlich gehofft, dass der Kerl nach ihrer Trennung nie wieder auftauchen würde.

Es klopfte und Lindsay steckte den Kopf ins Büro. »Bis Morgen, Mister Lawfield«, flötete sie süßlich und verschwand wieder. So spät war es schon? Er hob den Kopf und beobachtete, wie hinter seiner Milchglaswand Bewegung aufkam. Viel konnte er nicht erkennen, aber zusammen mit dem unterdrückten Gemurmel und dem dumpfen Geräusch der Schritte auf dem Flur, war die Aufbruchstimmung klar erkennbar.

Sie würden jetzt alle raus in den Schnee gehen. Ein wenig sehnsüchtig schaute er rüber zu seinen Fenstern. Er könnte auch gehen. In ein Hotel, wie es jeder normale Erwachsene getan hätte, der nicht nach Hause konnte. Aber etwas in ihm sträubte sich dagegen. Er hasste unbekannte Umgebungen. Immer schon. Nein, er würde lieber in der Kanzlei bleiben. Es gab einen Ruheraum mit einer Liege und einem Sofa, dort konnte er schlafen, und die Küche und das Badezimmer boten alles andere, was er brauchen könnte. Er musste nur darauf achten, seinen Anzug nicht zu sehr zu zerknittern, dann würde vielleicht niemand merken, dass er geblieben war. Und selbst wenn: Er konnte vortäuschen, nachts so lange gearbeitet zu haben, dass er am Ende einfach übernachtet hatte.

Es folgten noch mehrere Verabschiedungen wie die von Lindsay. Dann wurde es ruhiger auf dem Gang, und eine Stunde später verließen dann auch die letzten fleißigen Mitarbeiter die Kanzlei.

Sein Telefon war bis auf einen aufdringlichen Werbeanrufer, der ihnen eine neue Software schmackhaft machen wollte, stillgeblieben. Keine Ahnung, woher der seine Durchwahl hatte. Normalerweise landete sowas in der Zentrale.

»Er ist also immer noch da«, murmelte Haydn und stapfte zu einem seiner Aktenregale. Dort hatte er vor einiger Zeit heimlich einen Minifernseher versteckt. Natürlich hätte er auch ein Tablet dafür nehmen können, oder direkt sein Handy, aber als er diesen Fernseher gesehen hatte, musste er ihn haben. Man konnte damit alle Sender empfangen und es gab sogar eine kleine Fernbedienung dazu – alles im klassischen Design wie früher. Er stellte das kleine Ding an die Kante seines Schreibtisches und setzte sich dann in den Sessel, der an der Seite des Raumes stand. Der war bereits so ausgerichtet, dass er von dort aus bequem fernsehen konnte. Ihm fehlte nur eine Decke.

Haydn ging zum Lichtschalter neben der Tür und löschte das große Licht. Dann schaltete er den Fernseher ein und der kleine Bildschirm wurde zur einzigen verbleibenden Quelle von Helligkeit. Mit einem Seufzen ließ Haydn sich in den Sessel fallen und zog sich die Schuhe aus.

Es dauerte einige Minuten, bis sein Körper sich umstellte und entspannte. Den Anwalt legte er ab wie ein Kostüm – so kam es ihm zumindest vor. Er war wie eine schwere, dicke Jacke, die man am Ende des Tages gerne von den Schultern gleiten ließ. Darunter kam ein Mann zum Vorschein, der sich keine Gedanken mehr darüber machen wollte, aufrecht zu stehen oder zu sitzen, eine neutrale Miene zu wahren oder sich gewählt und überlegt auszudrücken. Er war dann einfach nur noch Haydn, der tun wollte, wonach ihm gerade war.

Ganz langsam entspannte er sich, zog beide Beine auf die Sitzfläche des Sessels und legte die Arme darum. Seine Finger spielten mit den Säumen der Hosenbeine und sein Blick folgte dem Geschehen auf dem winzigen Fernsehbildschirm. Dass er noch im Büro war, hatte er nach ein paar Minuten so gut wie vergessen.

KAPITEL 3 – JEFFREY

ER WAR SICH sicher, dass Haydn noch nicht gegangen war. Das beobachtete er nämlich immer recht genau, weil ihm wichtig war, sich von ihm zu verabschieden. Jedes Wort, das Haydn direkt an ihn richtete, war ein kleiner Schatz und die Begrüßungen und Verabschiedungen jeden Tag waren der einfachste Weg, weitere Schätze anzuhäufen.

Jeff lief mit der kleinen metallenen Gießkanne durch die Büros und Flure und versorgte die Pflanzen mit Wasser. Die Aufgabe war ihm nie offiziell zugeteilt worden, aber er betrachtete es als seine Pflicht. Als er hier angefangen hatte, waren einige von ihnen kurz vorm Vertrocknen gewesen, aber er hatte sie alle wieder aufgepäppelt – darauf war er sehr stolz.

Aufmerksam ließ er den Blick umherwandern. Haydn war nicht im Badezimmer, um sich frischzumachen und auch nicht in der Küche. Dann saß er wohl noch an seinem Schreibtisch und bearbeitete einen Fall. Sicher konnte er seine Hilfe dabei gebrauchen.

Vielleicht konnten sie mehr ins Gespräch kommen, wenn sonst niemand da war und nicht dauernd Anrufe durchgestellt wurden. Es wäre zu schön, wenn Haydn ihn tatsächlich einmal wahrnehmen würde. Als männliches Wesen.

Jeff seufzte in sich hinein. Wie wahrscheinlich war es, dass jemand wie Haydn sich für ihn interessieren würde? Er sah zwar gut aus, aber Karrieretypen wie der junge Anwalt hatten normalerweise noch ganz andere Optionen. Oder spielte das vielleicht gar keine so große Rolle, solange andere Dinge passten?

Langsam ging er auf Haydns Bürotür zu. Was würde er tun, falls sein Chef ihn doch endlich bemerkte und ... Haydn war sicherlich ein Top, oder? Er hatte die breiten Schultern, die harte Miene, die kräftige Stimme. Seine Gegenwart fühlte sich einfach nach einem dominanten Top an. Sicher, das waren Klischees ... es könnte anders sein. Jeff war es letztendlich egal – wenn er diesen Mann kriegen konnte, sei es nur für eine Nacht, dann würde er jede Position akzeptieren.

Du machst dich lächerlich, sagte er sich selbst. *Beruhig dich mal. Ihr seid nur zufällig beide noch spät im Büro. Es wird rein gar nichts passieren.*

Jeff legte die Hand auf die Klinke und klopfte mit der anderen leise an. Dann räusperte er sich als zusätzliches Signal. Als keine Antwort kam, runzelte er die Stirn. Von drinnen kamen Geräusche.

»Mister Lawfield?«

Sekunden verstrichen, in denen rein gar nichts passierte. War Haydn über der Arbeit eingeschlafen? Und woher kamen die Geräusche?

Jeff presste die Lippen zusammen und öffnete vorsichtig die Tür. Er musste ja zumindest nachsehen, ob alles in Ordnung war.

Der Schreibtischstuhl war leer, doch sein Blick zuckte sofort zu Haydn hinüber, der auf dem Sessel saß, die Beine angezogen und das Gesicht vom zuckenden Licht eines Fernsehbildschirms beleuchtet. Seine Augen wirkten groß und er schien ihn gar nicht zu bemerken. Wie gefangen in einer anderen Welt. Jeff schluckte und blieb bewegungslos im Türrahmen stehen, wagte kaum noch, zu atmen. Wie sein Chef da saß, das war ... unerwartet. Und es wehte ganz neue Gedanken in seinen Kopf. Er sieht ganz anders aus. Konzentriert betrachtete er Haydn. Seine Körperhaltung. Wenn er es nicht besser gewusst hätte, hätte er geglaubt, einen Jugendlichen vor sich zu haben. Oder ein Kind. Und was lief da in dem kleinen Fernseher? Jeff hörte genauer hin und erkannte eine alte Zeichentrickserie, die er selbst gerne als Junge geschaut hatte.

Kaum merklich schüttelte er den Kopf.

Okay, um das zusammenzufassen: Sein Chef, ein erfolgreicher Anwalt, Ende zwanzig, saß in seinem teuren Anzug auf einem Sessel, die Arme um die angewinkelten Beine geschlungen, und schaute wie gebannt einer Kinderserie zu – mutterseelenallein in seinem Büro.

Jeff hätte an einen seltsamen Traum geglaubt, wenn nicht alles so real gewesen wäre. Er konnte den Raumduft wahrnehmen, der immer in Haydns Büro hing und schnupperte extra nochmal bewusst – das reichte schon, um ihm zu versichern, dass das hier echt war, denn sonst konnte er in Träumen nichts riechen. Aber da war sie, die Note von frisch gewaschener Wäsche, viel seriöser als das Parfüm, das Haydn selbst umgab.

Für einen Traum hätte gesprochen, das sich hier gerade zwei seiner liebsten Welten vermischten: Seine Schwärmerei für seinen Chef und sein Interesse an Männern, die sich jünger fühlten ... Littles. Dass er selbst gerne ein Daddy war, hatte er erst in seiner letzten Beziehung bemerkt und angefangen, es auszuleben. Dann hatte Ethan ihn verlassen und seitdem hatte er unheimlich viel gelesen und angeschaut, sich vollkommen in das Thema versenkt.

Seine Fokussierung auf diese ganze Daddy-und-Little-Sache hatte erst wieder nachgelassen, als er Haydn getroffen und sich sofort in ihn verguckt hatte. Und jetzt fühlte es sich an, als würden beide Welten miteinander verschmelzen. Kurz wurde ihm ein bisschen schwindelig.

Interpretierte er zu viel in diese Situation hinein? Ganz sicher. Vielleicht hatte Haydn die Serie nur zufällig entdeckt und war daran hängen geblieben, weil er in Kindheitserinnerungen schwelgte. Und die Sitzposition, die musste rein gar nichts bedeuten. Das alles war pures Wunschdenken. Sein Chef, ein Little ... wohl eher nicht.

Jeff räusperte sich etwas lauter als zuvor und hob die Stimme. »Mister Lawfield? Geht es Ihnen noch nicht besser? Soll ich Sie nach Hause fahren?« Wenn Arbeit nicht der Grund war, warum er sich noch im Büro aufhielt, dann sicherlich seine Verfassung.

Haydn fuhr zusammen. Seine Beine rutschten von der Sitzfläche und ein starrer Blick aus weit aufgerissenen Augen traf ihn. Jeff hatte selten jemanden gesehen, der so erschrocken und gleichzeitig ertappt aussah.

Er hatte ihn nicht in eine unangenehme Lage bringen wollen. »Ich dachte nur, weil Sie noch da sind und aussehen, als würden Sie noch Kräfte sammeln. Ich kann Sie fahren. Auch ins Krankenhaus, wenn es nötig ist.« Hoffentlich konnte er die Scham so ein wenig verringern.

Binnen Sekunden veränderte sich alles – direkt vor seinen Augen. Haydn richtete sich auf, nahm die Schultern zurück, legte eine ganz andere Mimik auf und erhob sich von dem Sessel. Mit einem Mal stand wieder der einschüchternde Anwalt vor im, den er kannte. Sein Chef eben. Der sehr jung wirkende Mann von eben, der wie hypnotisiert die Kinderserie geschaut hatte, war verschwunden.

»Ich bin nur etwas müde und wollte mich auf dem Sessel entspannen«, sagte er. »Dabei bin ich wohl in so eine Art Halbschlaf geglitten.« Haydns Stirn furchte sich und es sah aus, als wolle er sich gerade selbst von diesen Worten überzeugen.

Jeff neigte den Kopf, studierte die Züge seines Gegenübers. »Wenn Sie noch zu tun haben, würde ich auch noch etwas bleiben«, sagte er. »Ich koche uns einen Kaffee.«

»Sie können nach Hause gehen«, sagte Haydn schroff und baute sich vor ihm auf.

Jeff blinzelte und blieb einen Moment lang still. Dann bemerkte er Haydns Finger, die an den Ärmelsäumen spielten. Unruhig. Was, wenn er sich doch nicht getäuscht hatte? Vielleicht wusste Haydn nicht, dass er ein Little war, und unterdrückte diese Bedürfnisse, weil es ihm selbst peinlich war. Diese plötzliche Aggression kannte er nicht von ihm, aber sie passte zu jemandem, der ein Geheimnis wahren und sein Selbstbild schützen wollte.

»Diese Serie«, sagte er und warf einen kurzen Blick an Haydn vorbei auf den Fernseher, der immer noch lief. »Die habe ich früher auch gerne geschaut.« Er lächelte offen und versuchte, Haydn etwas Sicherheit zu geben, ihm zu zeigen, dass er ihn nicht verurteilen würde. Ganz bestimmt nicht. »Wusste gar nicht, dass die wieder läuft.«

Es war ein Versuch. Ein vorsichtiger Schritt auf Haydn zu. Wenn auch nur die kleinste Chance bestand, dass er richtig lag, dann musste er sie ergreifen, sonst würde er sich die nächsten Monate jeden einzelnen Tag darüber ärgern.

Haydns Blick wurde zweifelnd, dann abwägend. Der Mann musterte ihn auf eine Weise, wie er es zuvor noch nie getan hatte. Nicht als Angestellten. Überlegte er, ob er ihm vertrauen konnte?

»Ich weiß zwar nicht, was heute vorgefallen ist, aber ich verstehe den Wunsch, die Seele vor dem Fernseher baumeln zu lassen. Solche Serien können eine gute Zuflucht sein, oder? Als Kind war alles viel einfacher.« Er ging vorsichtig an Haydn vorbei ins Büro hinein, gab sich entspannter, als er war. Es war hoch gepokert, aber sein Instinkt sagte ihm, dass es vielleicht genau das Richtige war, diesen Vorstoß zu wagen. »Na ja, die Hausaufgaben waren nervig, aber ansonsten war damals alles leichter. Keine Steuern, kaum Verantwortung, jeden Tag Essen auf dem Tisch, ohne dass man planen oder sich Gedanken um irgendwas machen musste.«

»Ja«, sagte Haydn hinter ihm. Es klang seltsam heiser. Jeffs Herz schlug schneller. Konnte es sein, dass er mehr geöffnet hatte, als er in Haydns Büro gekommen war?

KAPITEL 4 – HAYDN

HAYDN LOCKERTE SEINE Krawatte. Sein Assistent schien sich nicht wegschicken lassen zu wollen, aber er schien auch nichts Seltsames daran zu finden, wie er ihn hier erwischt hatte.

Erwischt ... war vielleicht ein zu großes Wort. Er hatte ja nichts Falsches getan. Dennoch regte sich Scham in ihm, wenn er sich an den Moment erinnerte, als sich ihre Blicke getroffen hatten. Auf einmal war die schwere Jacke seines Anwalts-Kostüms wieder gut und sicher vorgekommen, sodass er sie in Windeseile übergezogen hatte. Aber sie lastete schwer auf seinen Schultern. Der Tag war lang gewesen und er wollte sich nur noch irgendwohin flüchten, sich zurückziehen und sich diesen kindischen Dingen hingeben, die ihn entspannten und erleichterten.

»Sie brauchen sich keine Sorgen um mich zu machen. Ich habe meine Gründe ... heute Nacht hierzubleiben. Mir geht es gut. Mehr will ich dazu nicht sagen und es wäre mir sehr recht, wenn Sie darüber nicht mit anderen reden würden.«

Jeff sah ihn an. Er wirkte nicht, als würde er sich über ihn lustig machen und da war auch nichts Böses oder Hinterlistiges in seinem Blick. Nein, er wirkte ganz wie jemand, der nur helfen wollte. Aber er konnte nicht helfen. Jedenfalls nicht, ohne dass Haydn ihm Dinge hätte verraten müssen, die er nicht einfach so jemandem anvertrauen konnte, den er kaum näher kannte.

Sicher, Jeffrey war schon seit einem halben Jahr sein Assistent und hatte dabei Verlässlichkeit bewiesen, aber das reichte nicht, oder? Er war im Grunde ein Fremder.

»Ich werde niemandem etwas erzählen«, sagte Jeffrey. »Es gibt ja auch nichts zu erzählen.« Ein leichtes Lächeln schlich sich auf die Miene seines Gegenübers. Freundlich und warm.

Haydn spürte, wie seine Energiereserven immer weiter schwanden. Ein leichtes Zittern hatte seine Hände befallen. Er zupfte immer wieder an den Säumen seiner Ärmel. Schließlich zog er die Jacke aus und hielt sie vorm Körper. Das sollte locker aussehen und sein Zittern verbergen.

Dann knurrte auch noch sein Magen.

»Ich kann Essen bestellen«, sagte Jeffrey sofort. Haydn lächelte verzweifelt.

»Ich werde Sie nicht davon überzeugen können, einfach nach Hause zu gehen, oder?«

Jeffrey neigte den Kopf. »Was bevorzugen Sie? Pizza? Tacos? Pasta?«

Fast musste Haydn lachen. Er schüttelte den Kopf und ließ sich wieder auf den Sessel sinken, widerstand aber dem Drang, die Beine anzuziehen.

»Tacos«, sagte er dann.

Während sie auf das Essen warteten, blieb er vor dem Fernseher sitzen. Er fühlte sich auf eine Art angreifbar, die er lange nicht mehr gespürt hatte.

Es half, dass Jeffrey nicht die ganze Zeit im Raum blieb, sondern im Büro herumlief, und sozusagen das Abendessen vorbereitete. Er holte Getränke aus dem Keller des Gebäudes und Haydn hörte auch leise Musik aus einem Radio.

Was führte sein Assistent im Schilde? War er wirklich nur besorgt? Er hätte wohl vehementer sein sollen, ihm befehlen können, nach Hause zu gehen. Er hätte vorschieben können, dass er ungestört im Büro sein wollte. Aber er hatte es nicht getan. Ein Teil von ihm wollte wohl, dass Jeffrey blieb. Er war eine vertraute Person und seine Worte hatten ihm zumindest ein bisschen das Gefühl gegeben, dass es doch nicht falsch war, sich mit einem Zeichentrickfilm zu entspannen.

Himmel, warum fühlte sich das alles so seltsam an? Er hatte früher nie darüber nachgedacht, nur gewusst, dass er solche Dinge geheimhalten wollte. Aber was scherte es überhaupt jemanden? Die Menschen hatten doch alle möglichen seltsamen Hobbys.

Mit einem tiefen Seufzen erhob er sich und schaltete den Fernseher aus. Sicher kam gleich das Essen … und irgendwie war er neugierig darauf, sich noch etwas mehr mit Jeffrey zu unterhalten. Vielleicht konnte er sich tatsächlich dazu durchringen, ihm von der Situation in seiner Wohnung zu erzählen und Hilfe und Verschwiegenheit von ihm bekommen.

Er straffte sein Anwaltskostüm und verließ das Büro. Ruhig und langsam ging er zur Küche hinüber, wo es auch eine kleine Tafel gab, an der man sitzen und speisen konnte. Jeffrey legte gerade in Servietten gewickeltes Besteck auf den Tisch — fast als würden sie im Restaurant speisen. Haydn schnaubte leise.

Jeffrey sah auf und lächelte verhalten.»Ich versuche nur, mich zu beschäftigen. Ich habe nämlich auch ganz schön großen Hunger.«

Es klingelte, bevor einer von ihnen noch mehr sagen konnte und sein Assistent eilte los. Haydn nickte nur sich selbst zu und setzte sich auf einen der gedeckten Plätze.

Die Tacos rochen fantastisch und erfreuten ihn mit ihren kräftigen Farben, aber Haydn wurde auch klar, dass er zu wenig darüber nachgedacht hatte – Tacos waren einer dieser Snacks, die sich nicht elegant verzehren ließen. Man machte sich zwangsläufig dreckig und sah nicht besonders würdevoll dabei aus.

Tja, aber das konnte ihn jetzt auch nicht mehr abhalten. Zum Glück war Jeffrey ja kein Mandant und kein Partner der Kanzlei. Es war in Ordnung, wenn er sich vor ihm wie ein Mensch verhielt, beschloss er.

»Lassen wir es uns schmecken«, sagte Jeffrey, der breit grinsend sein Essen aus der Folie wickelte. Er hatte Bolognese-Tacos bestellt: Hackfleisch, Tomaten, Basilikum, Käse, und so weiter.

Haydn hatte Beef-Tacos bestellt. Tomaten, Rindfleisch, Chili-Pulver, Salat, Sauerrahm und etwas Mozzarella. Die Zurückhaltung war nach dem ersten Bissen vergessen. Beide vergruben sie die Münder in den Tacos und schauten dabei nicht auf. Die Servietten leisteten gute Dienste.

Das Essen vertrieb das Zittern und der gemeinsame Genuss nahm der Situation ein bisschen von ihrer Seltsamkeit. Sie waren jetzt zwei Männer, die in einer Büroküche Tacos aßen. Die Rollenverteilung rückte in den Hintergrund.

»Das hat gut getan«, murmelte Haydn, nachdem er sich die untere Gesichtshälfte ausreichend abgewischt hatte. Er ließ sich im Stuhl zurücksinken und gab seine übertrieben aufrechte Haltung auf.

Nachdenklich musterte er Jeffrey. Machte er sich wirklich so große Sorgen, war es sein Pflichtbewusstsein oder die Hoffnung auf eine Gehaltserhöhung oder irgendetwas in der Art, das ihn dazu brachte, seinen Abend hier zu verbringen?

Wie groß ist die Wahrscheinlichkeit, dass er einen ähnlichen Grund hat wie du, nicht nach Hause zu gehen? Sehr gering, schätzte Haydn. Sein Grund war schon ziemlich abgefuckt.

»Der Schnee ist schön, oder?«, fragte Jeffrey auf einmal und Haydn nickte nur. Vor dem Küchenfenster sahen die tanzenden Flocken nicht ganz so eindrucksvoll aus, wie im Meetingraum, aber sie verloren ihren Zauber auch hinter der kleinen Scheibe nicht. »Wenn das so weitergeht, ist die Stadt morgen früh komplett zugedeckt.«

»Wenn Sie sich jetzt auf den Weg machen, schaffen Sie es noch nach Hause, bevor der Schnee den Verkehr lahmlegt«, versuchte Haydn es noch einmal. Aber sein Gegenüber lächelte die Worte nur weg.

»Auf mich wartet niemand. Es ist vollkommen gleich, wo ich meinen Abend und meine Nacht verbringe.«

Haydn hätte gerne mit ihm getauscht, aber er verkniff es sich, das zu sagen. Der Mann klang einsam und brauchte sicher keinen blöden Spruch von ihm.

»Sie könnten ausgehen. Die Nacht ist noch jung.«

Jeffreys Blick streifte seinen und Haydn spürte ein Prickeln im Nacken.

»Könnten Sie auch.«

Haydn neigte den Kopf und spielte mit der Hand an seinem Wasserglas herum.

»Clubs sind nicht mein Ding. Zu laut, zu voll, zu viele Fremde.«

»Zu viele Drogen?«, ergänzte Jeffrey.

»Das auch. Aber ich bin vor allem wirklich lieber für mich und an einem ruhigen Ort, den ich kenne.«

Jeffrey seufzte leise und nahm einen Schluck aus seinem Glas. Dann sah er ihn an und wirkte, als würde er mit sich ringen. Die Neugier von vorhin regte sich in ihm. Irgendetwas steckte in diesem Mann, das sein Interesse kitzelte. Kam das nur von seinem Kommentar über die Kinderserien? Oder war es sein Aussehen? Jeffrey war recht attraktiv, auch wenn Haydn den Gedanken im Alltag erfolgreich verdrängte. Sah er in ihm unterbewusst so eine Art möglichen Verbündeten gegen Zac? Er musste sich wohl erst mal selbst ergründen, bevor er beantworten konnte, was ihn an Jeffrey faszinierte.

»Wenn ich wirklich gehen soll, gehe ich«, sagte sein Assistent dann. »Wenn Sie das wollen. Es war mir auf jeden Fall eine Freude, gemeinsam Tacos zu essen.«

»Verraten Sie mir den aufrichtigen Grund, warum Sie bleiben wollen«, forderte Haydn. »Vielleicht überlege ich es mir dann anders.«

KAPITEL 5 – JEFFREY

DIE ATMOSPHÄRE IM Raum hatte sich geändert. Seine Hartnäckigkeit schien Haydn neugierig zu machen. Sie brachte ihn aber auch in eine riskante Situation. Wenn er log würde sein Chef es wahrscheinlich merken – der Mann las den ganzen Tag über Menschen und schien ihm die Beweggründe, die er vorhin vorgeschoben hatte, nicht abzukaufen, sonst würde er jetzt nicht so eine Frage stellen. Aber die Wahrheit konnte ihn schlimmstenfalls den Job kosten.

Haydn würde sicherlich nicht mehr mit ihm arbeiten wollen, wenn er erfuhr, dass er ihn aus der Ferne anhimmelte und er diese Gefühle nicht erwiderte.

Jeffrey atmete durch und entschied sich für einen Mittelweg. Keine Lüge, aber ein anderer Teil der Wahrheit.

»Ich ... glaube, dass ich etwas in Ihnen gesehen habe, dessen Sie Sich selbst vielleicht nicht bewusst sind. Und dass ich Ihnen helfen könnte, damit klarzukommen.«

Haydn blinzelte und wirkte ehrlich verwundert. »Was meinen Sie?«

Das war gut. Besser, als sofort nach Hause geschickt zu werden.

»Menschen haben ja verschiedene Ausrichtungen. Also es gibt dieses Modell von Introvertierten und Extravertierten Menschen und einer der Hauptunterschiede ist, woher sie ihre Energie nehmen. Die einen ziehen sie aus dem Alleinsein und der Ruhe, die anderen aus Geselligkeit. Und ... dann gibt es noch ein paar, die nur dann so richtig entspannen können, wenn sie bestimmte Dinge tun.«

Zwar ließ Haydn ihn ausreden, aber die kleine senkrechte Falte auf seiner Stirn machte Jeff klar, dass er nicht unendlich viel Zeit hatte, die Sache zu erklären und dass er auch leicht mit seinen Worten danebengreifen konnte. Er schluckte, weil er mit einem Mal ins Zweifeln geriet. Was, wenn Haydn sich beleidigt davon fühlte, wenn er ihn in die Little-Schublade steckte? Nun, dafür war es schon fast zu spät.

»Worauf wollen Sie hinaus?«

»Kann es sein, dass Sie ... also, es ist egal, was Sie mir antworten, ich würde nichts davon anderen erzählen, okay? Aber kann es sein, dass Sie sich nach einem harten Arbeitstag gerne zurückfallen lassen in eine Art ... Safe Space, der Sie an Ihre Kindheit erinnert? Dann möchten Sie zum Beispiel gerne solche alten Cartoons anschauen, oder Hörspiele hören, oder ein Plüschtier halten oder andere Sachen tun, die Sie mit ihrem jüngeren Ich verbinden. Ich kannte jemanden, der so war. Es gibt ein Wort dafür. Das ist gar nichts Außergewöhnliches. Ich denke nur, es kann schwierig sein, das selbst zu erkennen und zuzulassen.«

Er hatte mit jedem Satz etwas schneller gesprochen und war am Ende stolz darauf, nicht über seine eigenen Worte gestolpert zu sein. Vorsichtig beobachtete er Haydns Mimik. Es war, wie einem Würfel beim Rollen zuzusehen, und zu hoffen, dass er die richtige Augenzahl zeigte.

Das hier konnte völlig danebengehen ... oder ein Volltreffer werden.

»Was für ein Wort?«

Jeff atmete geräuschlos durch. »Man nennt solche Menschen Littles. Es ist wirklich nichts Schlimmes, keine Krankheit oder so ... aber ich verstehe natürlich, dass man damit nicht hausieren gehen möchte. Die Gesellschaft ist kaum darüber aufgeklärt und entsprechend niedrig wäre wohl die Akzeptanz.«

Jede Sekunde, in der Haydns Miene nicht hart und distanziert wurde und er ihn nicht wegschickte, war für Jeff ein Gewinn. Sein Gegenüber schien nachzudenken, durchforstete wohl seine Erinnerung nach entsprechenden Zeichen. Gespannt auf das Urteil verharrte Jeff und wagte zu hoffen.

»Ich könnte helfen«, bot er in einem Anflug von Hoffnung und Selbstsicherheit an.

»Inwiefern?« Haydn leugnete nichts, lachte nicht über seine Worte und argumentierte nicht. Bedeutete das, dass er die Sache mit dem Little-sein bereits akzeptiert hatte, oder war das ein Teil seiner ruhigen, beherrschten Persönlichkeit? Jeffrey konnte es nicht sagen. Vielleicht kam die Wut ja erst noch. Er musste aufpassen, was er sagte.

»Es fällt Littles für gewöhnlich leichter, richtig zu entspannen und sich auf ihre Art gehen zu lassen, wenn jemand dabei ist, der aufpasst. Der sozusagen die Verantwortung übernimmt.« Wie ein Erwachsener, der ein Kind hütet. Diese Worte behielt er für sich, weil er Angst hatte, damit zu weit zu gehen.

»Und das wollen Sie für mich tun? Die Verantwortung übernehmen?«

Haydn sparte nicht mit Direktheit. Jeff schluckte kurz. Wenn er die Chance bekam ... Er nickte. »Ja. Das würde ich gern für Sie tun.«

Zum ersten Mal zeigte der Anwalt eine Art Reaktion. Er schnaubte leise und verzog dabei kurz das Gesicht. Jeff las Unglauben darin ... und er verstand es. Selbst wenn Haydn ihm das mit den Littles glaubte und sich irgendwie darauf einlassen könnte, blieb für ihn undurchsichtig, warum er sich anbot. Wahrscheinlich glaubte er, dass er einen beruflichen Vorteil daraus schlagen wollte. Mehr Geld oder bessere Arbeitsbedingungen, dafür, dass er ein so sensibles Geheimnis hütete.

Konnte er ihm sagen, was sein Beweggrund war? Das wäre zu viel, oder? Haydn hatte gerade genug, das ihm im Kopf herumschwirren musste.

Keiner von ihnen sprach mehr. Haydn schüttelte den Kopf und legte sich dann die Hand auf die Stirn.

»Ich weiß, es klingt erst mal ...«, setzte Jeff an.

»Nein«, fuhr Haydn dazwischen. »Es klingt vertraut. Es ist wie ein Puzzleteil, das eine Lücke füllt, die ich seit Monaten anstarre.«

Jeff wagte es, sich ein wenig zu entspannen. Wenn Haydn das wirklich so sah, dann war er einen ganzen Schritt weiter, als er gedacht hatte.

»Aber das macht die Dinge nicht einfacher«, sprach er weiter und massierte sich die Stirn und den Haaransatz.

»Ich hole den kleinen Fernseher«, sagte Jeff, der einen spontanen Einfall hatte, und eilte aus dem Raum. Er holte das tragbare Gerät und brachte es in die Küche und stellte es auf den niedrigeren Tisch bei der Sofa-Ecke. Hier machten für gewöhnlich die Leute Pause, die nichts essen wollten. Die Sitzecke war bequemer als die Stühle am Esstisch und eignete sich gut zum entspannten Lesen ... oder eben zum Fernsehen. Dort stöpselte er den Fernseher an eine Steckdose und legte die Fernbedienung auf den Tisch.

»Sie müssen sich erholen. Das wollten Sie ja schon, bevor wir geredet haben. Und jetzt ist Ihr Stresspegel sicherlich nicht viel kleiner. Das ist meine Schuld.«

Er gestikulierte in Richtung des Sofas.

»Machen Sie es sich hier bequem. Ich hole noch eine Decke.«
Ihn packte der Tatendrang, und die Tatsache, dass Haydn sich
tatsächlich in Bewegung setzte, nicht einmal Widerworte gab,
beflügelte ihn. Vielleicht konnte er wirklich für diesen Mann
da sein.

Er huschte aus dem Raum und steuerte das Ruhezimmer an.
Dort fielen ihm noch einmal die großen Schneeflocken auf,
die hinter den Scheiben herumwirbelten. Das war schon eine
verrückte, wunderbare Nacht. Eine Nacht, in der Träume in
Erfüllung gehen konnten.

KAPITEL 6 – HAYDN

E R LIEß SICH auf dem Sofa nieder. Es bot mehr Platz als der Sessel in seinem Büro und so konnte er sich auf die Seite legen, während er dem Geschehen auf dem Bildschirm folgte.

Jeffrey kam geschwind wieder und hielt eine Decke in der Hand. Die konnte nur aus dem Ruheraum stammen. Er breitete sie geschickt über ihm aus und beugte sich über ihn, um ihn zuzudecken.

Haydn ließ ihn machen, auch wenn sich das im ersten Moment etwas befremdlich anfühlte. Als sei er krank und nicht in der Lage, sich selbst zu bewegen. Aber ein Teil von ihm fand es auch angenehm, dass sich jemand so um ihn kümmerte. Dieser Teil musste dann wohl zu seinem Little-ich gehören. Er hatte den Begriff kurz in sein Handy eingegeben, als Jeff verschwunden war und prompt genau das gefunden, was er ihm erklärt hatte. Beschreibungen, die erschreckend genau zu dem passten, was er manchmal – immer öfter – fühlte und nie wirklich hatte benennen können.

Das war auf eine Weise wahnsinnig erleichternd und auf eine andere Weise furchterregend. Diese Little-Sache schien auf ihn zuzutreffen. Und so gut es auch war, ein Wort dafür zu haben, so schwierig war es auch, das einfach zu akzeptieren.

Er war ein erwachsener Mann, der es anscheinend brauchte, im Fernsehen Kinderserien anzuschauen und sich in eine Decke zu kuscheln. Und das war wohl nur die Spitze des Eisbergs, bei dem, was er online in wenigen Minuten gelesen hatte.

»Ist es so bequem?«, erkundige sich Jeffrey und musterte ihn von oben.

Haydn gab ein zustimmendes Brummen von sich und schaute an Jeffrey vorbei zu dem Fernsehbildschirm. Als sein Assistent den Raum verließ, wurden seine Gedanken ruhiger, drehten sich langsamer, die Fragen traten in den Hintergrund. Er merkte, dass es stimmte: Sein Geist brauchte das hier. Es entspannte ihn so sehr, dass er richtig schläfrig wurde.

Dann war die Episode der Serie zu Ende und es lief Werbung. Haydn gab ein unzufriedenes Geräusch von sich und streckte sich nach der Fernbedienung, um einen neuen Kanal zu suchen. Er fand keinen passenden. Ein Blick auf die Uhr verriet auch, warum. Es war viel zu spät für Kindersendungen.

Haydn drehte sich auf den Rücken und massierte sich mit beiden Händen Stirn und Schläfen. Dann kam er auf die Idee, wieder sein Smartphone zur Hand zu nehmen und weiter zu lesen. Er hielt es über sich und scrollte durch die Artikel, die er zum Thema Little fand.

Es schien unzählige Wege zu geben, sich als Little auszuleben. Spielzeug, Plüschtiere, kindliche Sprache … er stolperte schnell über sogenannte Daddy-Little-Beziehungen, wo diese ganze Sache regelrecht zelebriert zu werden schien. Da ging es viel um Körperkontakt und gewisse Dynamiken, die teils harmlos und teils sexuell waren.

Sein Herz schlug schneller bei den Bildern, die sich in seinem Kopf ergaben. Manches von dem, was er las, fand er im ersten

Moment absurd, geradezu empörend, aber im nächsten Moment fragte er sich, ob das seine eigene, ehrliche Meinung dazu war, oder eher das, was er sich zu fühlen wünschte.

Himmel, wie sollte er denn damit umgehen? Falls er eines Tages wieder eine Beziehung mit jemandem einging, müsste er ihm diese Dinge erklären. Oder er würde direkt jemanden finden müssen, der sich auskannte. Einen Daddy?

Er schnaubte. Das war doch albern. Er wurde in zwei Jahren dreißig. Er brauchte keinen Daddy. Aber es war wohl durchaus besser, sich jemanden zu suchen, der mit diesen Besonderheiten klarkam und ihn nicht dafür auslachte.

Er seufzte tief. Damit wollte er sich überhaupt nicht beschäftigen. Das Thema wurde immer größer in seinem Kopf und bereitete ihm Schmerzen. Er fing an, sich auf dem Sofa herumzuwälzen und unwirsche Laute von sich zu geben - wurde sich dessen aber erst bewusst, als die Tür zur Küche aufging und er in Jeffs besorgtes Gesicht blickte.

Sofort ließ er es sein und sank erschöpft in sich zusammen.

»Ist alles in Ordnung? Brauchen Sie etwas?« Jeffrey sah auf seine Armbanduhr. »Ich kann alles besorgen. Die Stadt ist noch wach.«

Haydn stieß ein kurzes Lachen aus. »Brauchen Sie einen Vorschuss auf Ihren Lohn? Sagen Sie es doch einfach.«

Jeffrey presste die Lippen aufeinander, schüttelte aber den Kopf.

»Nein. Das ist es nicht. Ich will wirklich nur helfen.« Er kam weiter in den Raum hinein und warf einen Blick auf den Fernseher. Dann sah er, dass er ausgeschaltet war. »Es läuft nichts Passendes mehr, oder?«, vermutete er laut. »Sie können sich auch passende Serien auf dem Handy ansehen. Manche Videoseiten haben welche auf Abruf.« Er überlegte. »Ich will Ihnen wirklich nicht zu nahe treten, wenn ich Vorschläge mache ...«

Jeff hockte sich auf den Boden – so wie er es vermutlich auch bei einem Kind machen würde, um im Gespräch auf Augenhöhe mit ihm zu sein.

Haydn registrierte es, verkniff sich aber einen Kommentar dazu. In ihm stritten mehrere Gefühle und Gedanken miteinander. Dieser Mann war im Moment sein einziger Verbündeter. Jemand, der ihn erstens durchschaut hatte und zweitens verstand, sogar bereit war, ihn zu unterstützen – auch wenn er seinen Preis noch nicht genannt hatte. Er versuchte, ihm zu helfen. Es wäre wohl töricht, das abzulehnen.

»Versuchen Sie es«, sagte Haydn.

»Ich könnte ein paar Dinge für Sie zur Entspannung holen gehen. Little-Dinge. Ich bringe sie in einer neutralen Tüte rein, keine Sorge. Die Kamera im Foyer wird nichts Verfängliches erkennen und ich werde die Sachen bei mir verstecken. Wenn jemand Fragen stellen sollte, hat das gar nichts mit Ihnen zu tun.«

Fasziniert beobachtete er seinen Assistenten. Er klang und wirkte so vollkommen aufrichtig, während er redete. Als würde wirklich nichts weiter dahinter stecken. Als würde er das alles nur tun, um zu helfen - so wie er es auch gesagt hatte.

Gab es solche Leute wirklich?

In seiner Zeit als Anwalt hatte er viel Gegenteiliges erlebt. Vor allem Menschen, die immer auf ihren Vorteil aus waren. Das schien ihm eine zutiefst menschliche Eigenschaft zu sein. Auch im Studium schon. Kommilitonen, die sich bei den Professoren einschleimten, oder gar versuchten, Prüfungsfragen von Laptops zu stehlen. Oh, er hatte so einige Sachen mitbekommen.

Auch wenn Jeffrey den Eindruck von geradezu naiver Reinheit machte, konnte er ihm nicht ganz über den Weg trauen. Dennoch sagte er: »Wenn Sie das wirklich machen wollen ... ich werde hierbleiben.«

Der Mann wirkte erst überrascht, dann lächelte er und nickte ihm zu. »Ich bin gleich wieder da.«

Sobald die Tür der Kanzlei zu fiel, setzte Haydn sich auf und stieß einen tiefen Seufzer aus. Er hatte das Handy in die Hosentasche gesteckt und zwang sich, es dort zu belassen. Je mehr er über die Thematik recherchierte, umso unruhiger wurde er. Und dann war da ja immer noch Zac, der seine verdammte Wohnung besetzte. Das war alles ein bisschen viel auf einmal. Unruhig knetete er seine Hände und die Säume seiner Ärmel, öffnete Knöpfe und schloss sie wieder.

Offensichtlich sehnten sich sowohl sein Körper als auch sein Geist nach irgendeiner Art von Beschäftigung, also stand er auf und ging in sein Büro zurück. Dort startete er den Computer erneut und versuchte, weiterzuarbeiten.

Das funktionierte in den ersten zehn Minuten, aber dann bekam er Kopfschmerzen und in ihm wuchs spürbar ein Widerstand, der sich immer schlechter überwinden ließ. Er wollte nicht arbeiten. Er hatte Feierabend. Er wollte sich ausruhen. Er wollte ...

Fahrig griff er nach einem Kugelschreiber und fing an, den Block zu bemalen, den er für seine Telefonnotizen benutzte. Zum ersten Mal achtete er genau darauf, was das mit ihm machte, und stellte fest, wie es ihn erleichterte.

Die Zeichnungen waren krakelig und kaum als ästhetisch zu bezeichnen. Er malte Blumen und Blätter, Äste und krumme Vögel, die auf ihnen saßen. Hier und da schraffierte er eine Fläche. Jeder Strich half irgendwie, etwas von der Last wegzunehmen, die auf ihm lag und seine Gedanken leichter zu machen. Es war wie ein Zauber. Und das hier ... das hatte er in all den Jahren so oft getan, ohne es zu merken. Nie so bewusst. Aber jetzt verstand er. Sein Körper hatte sich hin und wieder zu nehmen versucht, was er brauchte.

Und er hatte es allzu oft unterdrückt. Was würde sich verändern, wenn er anfing, diese Bedürfnisse zu erfüllen? Würde er sich gestärkt fühlen? Hätte er dann vielleicht sogar irgendwann den Mut, sich Zac entgegenzustellen?

KAPITEL 7 – JEFFREY

DER FRISCH GEFALLENE Schnee knirschte unter seinen Schuhsohlen, verfing sich in seinen Haaren und schmolz auf seinen Wangen. Jeffrey fröstelte, als der Wind in seine Ärmel und in den Kragen fuhr, doch er lächelte auch. In seiner Brust pulsierte eine Wärme, die auch die kältesten Außentemperaturen nicht hätten drücken können.

Niemals hätte er erwartet, dass es einmal so laufen würde. Dass sein Chef und er gemeinsam essen würden, dass er so offen mit ihm reden könnte und dass sie letztendlich sogar ein so zerbrechliches Geheimnis teilen würden.

Es war ja noch nicht ganz Weihnachten, aber Jeffrey hatte das Gefühl, dass ihm jemand einen Wunsch erfüllte.

Die meisten Schaufenster leuchteten nur so vor Lichterketten und roter, tannengrüner oder goldener Dekoration. Und obwohl es schon nach zehn war, shoppten die Leute ausgelassen. An jeder Ladentür kamen ihm Männer und Frauen mit vollen Papiertüten entgegen, einige lächelnd, einige blass und gestresst.

Aus allen Richtungen schien Weihnachtsmusik an seine Ohren zu dringen. Jeff wusste gar nicht, auf welche Melodie er hören sollte. Jingle Bells, Rudolph oder It's beginning to Look a lot like Christmas – in seinem Kopf mischte sich alles miteinander.

Dann erreichte er den Spielwarenladen, den er angepeilt hatte und trat über die Schwelle. Drinnen kam ihm so ein Schwall Wärme entgegen, dass er prompt seine Jacke öffnen musste, um nicht ins Schwitzen zu geraten.

Die Beleuchtung kam ihm grell vor und die Gänge zwischen den Regalen waren voller Menschen – eine Großstadt im Shoppingfieber. Aber Jeff würde sich nicht beklagen. Es war ein Privileg, dass er hier sein durfte, dass Haydn sich ihm anvertraut hatte. Nun, er sollte nicht übertreiben ... so richtig beauftragt hatte er ihn nicht, aber er hatte auf eine zurückhaltende Art zugestimmt und sein Gefühl sagte ihm, dass er sich die Dinge, die er mitbrachte, mindestens ansehen würde.

Es lag also an ihm, das Richtige auszuwählen und Haydn weiter davon zu überzeugen, dass er sich für seine Little-Seite öffnen sollte. Oder durfte. Beides.

Er konnte sich kaum vorstellen, wie es ihm damit ging. Zwar hatte er gewirkt, als hätte er zumindest irgendetwas geahnt, aber die Thematik schien dennoch neu für ihn zu sein und es war nur verständlich, dass er gewisse Ängste damit verband.

Jeff verstand das. Und dieses Verständnis aktivierte etwas in ihm, das seinen Wunsch, diesem Mann nahe zu sein, nur noch verstärkte. Er wollte für ihn da sein. Ihn da hindurch führen. Und ihn beschützen, wenn er fürchtete, von anderen entdeckt zu werden.

Aber er war schon wieder zwei Schritte zu weit. Ob er diese Dinge tun durfte – das lag in Haydns Hand. Nur, weil er zufällig gerade da war und ihm einen Schubs in diese Richtung gegeben hatte, bedeutete das nicht, dass Haydn ihn als seinen Daddy auswählen würde. Bei weitem nicht. Er musste sich mit dem zufrieden geben, was er bekam. Darauf sollte er sich konzentrieren.

Jeff nickte sich selbst zu und studierte die Regale, die sich links und rechts von ihm erstreckten. Wie sollte er die richtigen Dinge auswählen, ohne Haydn näher zu kennen? Sein Kiefer verspannte sich, während er sich zwang, konzentriert nachzudenken. Ihm fielen die Kritzeleien auf dem Notizblock ein, die er flüchtig betrachtet hatte. Ein Malbuch und Buntstifte waren wohl eine sichere Wette.

Eine Weile lang nahm er verschiedene Malbücher in die Hand, blätterte die Motive durch und wog ab, welches Haydn gefallen würde. Er entschied sich für dasjenige mit den komplexesten Motiven, einfach um sicherzugehen. Noch konnte er nicht einschätzen, wie verletzlich Haydns Ego war und vielleicht hätte er ein zu kindisches Buch als Beleidigung angesehen.

Jeff legte eine Packung Buntstifte in seinen Korb und ging weiter. Er ließ sich vom Angebot inspirieren und versuchte, sich bei jeder Sache vorzustellen, wie Haydn damit umging. Es war eine schlechte Krücke, denn nur, weil er etwas passend fand, bedeutete das ja nicht, dass es Haydn auch zusagen würde – aber er hatte eben nichts Besseres, er kannte den Mann ja kaum privat.

Vor den Plüschtieren blieb er stehen und zog einen Teddy aus einem der Regale. Der hier hatte eine gute Größe: nicht so winzig, dass man kaum etwas davon hatte, aber auch nicht so riesig, dass man ihn nicht in einem Büro verstecken könnte. Jeff drehte und wendete ihn in den Händen und entschied, dass dieser hier gut war.

Dann lief er weiter, schaute auf seine Uhr und trieb sich zur Eile an. Ein kleines Legomodell wanderte noch in den Korb und ein Memoryspiel. Dann ging er zur Kasse, ließ sich eine neutrale Tüte geben und machte sich auf den Rückweg.

Sein Herz hämmerte nervös, als er die Kanzlei wieder betrat. Er hatte heute schon mehrere Vorstöße gewagt und jedes Mal riskiert, dass Haydn ihn wegschickte oder ihm gar sagte, er sei den Job los ... aber jetzt kam es ihm besonders heikel vor.

Egal, er musste da jetzt durch.

Jeff streifte sich den Mantel ab und hängte ihn an einen Garderobenhaken. Der flauschige Stoff an Kragen und Ärmeln war durchtränkt vom geschmolzenen Schnee. Es schneite ja immer noch, als würde man ganze Kissenlager über der Stadt entleeren. Mit dem Beutel in der Hand ging er zuerst in die Küche, fand Haydn dort aber nicht vor. Sein nächster Weg führte in den Ruheraum, und dann entdeckte er seinen Chef in dessen Büro. Er saß am Schreibtisch, hielt einen Kugelschreiber in der Hand und massierte sich mit der anderen die Schläfe – eine Geste, die er in letzter Zeit oft bei ihm gesehen hatte.

»Ich bin wieder da«, verkündete er und trat näher an den Schreibtisch heran. »Ich hoffe, das hier wird seinen Zweck erfüllen«, sagte er so zuversichtlich wie möglich und legte das Malbuch auf den Tisch. Die Stifte packte er direkt daneben.

Haydn starrte beides an und griff dann, ohne etwas zu sagen, nach der Buntstiftpackung, riss sie auf und öffnete das Buch wahllos auf irgendeiner Seite. Er beugte sich über den Tisch und sah dabei wieder mehr wie ein Kind oder Jugendlicher aus als ein Erwachsener, was für Jeff ein klares Zeichen dafür war, dass er das Richtige besorgt hatte.

Jeff beschloss, sich zurückzuziehen. Er legte den Beutel auf den Sessel, in dem Haydn vorhin ferngesehen hatte und verließ leise das Büro seines Chefs. Dann holte er sich einen Stuhl aus der Küche und stellte diesen in den Flur, in die Nähe von Haydns Tür. Ja, er würde aufpassen. Es war zwar unwahrscheinlich, aber für den Fall, dass irgendjemand mitten in der Nacht in die Kanzlei kam, würde er hier sein und Haydn davor beschützen, in einem verwundbaren Moment überrascht zu werden.

KAPITEL 8 - HAYDN

H AYDN MALTE UND malte und malte. Die Zeit verflog, während die Buntstifte übers Papier glitten. Weit über den Tisch gebeugt saß er da und seine ganze Welt bestand nur noch aus Stiften, Papier und schwarzen Linien. Den Kopf hielt er die ganze Zeit gesenkt, schaute nicht aus dem Fenster, nicht auf die Uhr und nicht zur Tür. Es war ein Zustand, der einer Hypnose oder Trance glich und Haydn spürte das auch auf gewisse Weise, aber ohne, dass er sich dagegen wehren wollte. Weil es guttat! Es war wie das langsame Hinabsinken in eine Wanne voll warmen, wohlduftenden Wassers. Entspannend, harmonisch, und einfach. Ja, für eine Weile war das Leben so einfach, dass seine einzige Aufgabe darin bestand, für jede Fläche eine Farbe auszuwählen und sie dann auszumalen. Himmlisch.

Irgendwann musste er eingeschlafen sein. Das merkte er daran, dass er bald mit einem Stift an der Wange aufwachte. Das Ding hatte sich so in seine Haut gedrückt, dass es kurz kleben blieb und dann klappernd auf den Tisch fiel.

Haydn fühlte sich besser. Erholt. Obwohl seine Schultern schmerzten, weil auf dem Tisch zu schlafen nicht wahnsinnig bequem war. Er wischte sich mit beiden Händen übers Gesicht und betrachtete das Malbuch und die Utensilien vor sich. Er hatte mehrere Seiten komplett ausgemalt. Daran konnte er sich nur schemenhaft erinnern. Wahnsinn.

Dann sah er auf die Uhr. Es war nach drei. Er hatte schon fast die ganze Nacht herumgebracht. Wo war eigentlich Jeffrey? Hatte er sich im Ruheraum hingelegt oder war er nach Hause gegangen?

Haydn stand auf und öffnete die Tür zum Flur. Dann geriet er aus dem Gleichgewicht und musste sich am Türrahmen abstützen, um nicht zu fallen. Vor ihm auf einem Stuhl schlief sein Assistent mit zur Seite gefallenem Kopf, und schnarchte leise.

Er hatte hier, direkt vor seiner Tür Stellung bezogen. Wache gehalten. Das war wirklich freundlich und ... ja fast schon süß. Jeffrey hatte wohl wirklich auf ihn aufpassen wollen. Niemand wäre hier vorbeigekommen, ohne von ihm bemerkt zu werden. Niemand hätte ihn in seiner Trance sehen oder auf dem Malbuch schlafen sehen können, solange er hier saß und Wache schob.

Haydn ging zurück ins Büro und verstaute das Malbuch, die Stifte und die Tüte mit den restlichen Sachen, die er sich noch nicht genauer angesehen hatte. Er versteckte alles in seinem Schreibtisch, ehe er wieder zu dem anderen Mann ging. Dann legte er ihm sachte eine Hand auf die Schulter, um ihn zu wecken.

»Hey, Jeffrey. Wachen Sie auf.«

Der andere Mann murmelte etwas Unverständliches und bewegte sich. Dann schreckte er auf und sah sich hektisch um. Dabei fiel er beinahe vom Stuhl, aber Haydn sorgte dafür, dass er nicht zur Seite kippte.

»Alles in Ordnung. Danke, dass Sie Wache gehalten haben. Das war wirklich sehr freundlich, damit habe ich gar nicht gerechnet. Ich war ... wie gefangen von ...« Er schüttelte den Kopf und räusperte sich. Obwohl Jeffrey ja sicher gesehen hatte, was genau passiert war, sobald er das Malbuch und die Stifte vor sich gehabt hatte, war es immer noch schwierig, diese Dinge einfach auszusprechen. »Jetzt lohnt es sich wahrscheinlich kaum noch, nach Hause zu gehen. Aber ziehen Sie doch in den Ruheraum oder die Küche um. Da können Sie sich richtig hinlegen.«

»Legen Sie sich denn hin?«, fragte Jeffrey, der immer noch sehr schlaftrunken wirkte und sich durch die Haare fuhr.

»Ja. Ich werde einen der beiden Plätze beziehen.«

Sein Assistent gähnte mit weit aufgerissenem Mund. »Ich nehme den anderen.« Er stand ein wenig wankend auf und hob den Stuhl hoch. Dann trug er ihn zurück in die Küche. »Ich schlafe direkt hier«, rief er dann. »Nehmen Sie ruhig die Liege.«

Haydn schnaubte leise. Er überließ ihm auch einfach so das bessere Bett. Jeffrey war wirklich hilfsbereit ... oder vielleicht war aufopferungsvoll das richtige Wort. Oder er spielte es zumindest sehr überzeugend. Morgen würde er ja sehen, ob der Mann irgendeine Forderung im Austausch für sein Schweigen stellte.

Haydn lehnte sich kurz in den Türrahmen der Küche. »Gute Nacht«, sagte er und bedachte seinen Assistenten mit einem sanften Blick.

»Schlafen Sie gut«, erwiderte Jeffrey und streckte sich auf dem Sofa aus. Haydn erwiderte den Wunsch und schloss die Tür. Dann ging er zum Ruhezimmer, zog Schuhe und Jackett aus und legte sich auf die Liege. Hier gab es sogar ein kleines Kissen. Auf jeden Fall besser, als an einem Schreibtisch zu schlafen.

Was für eine seltsame Nacht. Es schien so viel in so wenigen Stunden passiert zu sein. Rein äußerlich ... hatte er nur Tacos mit einem Assistenten gegessen und danach eine Freizeitaktivität genossen. Aber innendrin hatte sich ein großer Teil seiner Welt verschoben. Jeffrey hatte ihm offenbart, wer oder was er eigentlich war. Oder ... na ja irgendwie hatte er es selbst ja schon gespürt, aber nie wirklich verstanden, was er fühlte und brauchte und warum das so war.

Vielleicht wäre er selbst darauf gestoßen, wenn Zac nicht gewesen wäre. Der hatte ihn eine lange Zeit so sehr in Beschlag genommen, dass er kaum über sich selbst nachgedacht hatte. Der Kerl war wie ein Bulldozer durch sein Leben gerollt und hatte einiges zerstört. Vor allem sein Vertrauen.

Haydn verzog das Gesicht und schob die Gedanken beiseite. *Schlaf jetzt*, dachte er sich. *Schlaf und befass dich mit diesem Thema lieber morgen.* Und tatsächlich funktionierte das. Sein Körper gehorchte, sein Geist blieb endlich still. Was ein paar Stunden Malbuchmalen nicht ausmachen konnten ...

Er erwachte zeitig, noch bevor die ersten Kollegen ins Büro pilgerten. Trotz des fremden Schlafplatzes und der verrückten Vorgänge letzter Nacht fühlte er sich erholter als an manch anderem Tag. Ein Blick auf die Uhr sagte ihm, dass er noch eine knappe Stunde hatte, bis die ersten Menschen hier eintreffen würden, also schwang er die Beine von der Liege und stand auf.

Seine Füße glitten in die Schuhe. Das Jackett ließ er noch aus. Er wollte sich erstmal waschen. Die Kanzlei bot zwar nur minimale Möglichkeiten dafür – indem man sich am Waschbecken mit Seife aus dem Spender auffrischte – aber es war besser als gar nichts.

Die Tür zum Bad war abgeschlossen und das Rauschen von Wasser drang hindurch. »Guten Morgen!«, rief Haydn. »War Ihre Nacht annehmbar?«

»Vollkommen annehmbar«, kam es zurück. »Ich bin gleich fertig, Sekunde.«

»Immer mit der Ruhe.«

Doch sein Assistent schien nichts auf seine Worte zu geben. Die Tür wurde aufgerissen und er stolperte heraus. Der Kragen seines Hemdes sah feucht aus und auch sein Hals glitzerte noch vom Wasser.

Haydn, der neben der Badtür an der Wand lehnte, betrachtete den Mann, der so dicht neben ihm über die Schwelle trat. Man sah ihm an, dass er eine Rasur ausgelassen hatte – aber das stand ihm gar nicht mal schlecht. Es ließ ihn etwas rauer wirken, wo er ansonsten sehr zart wirkte.

Jeffreys Züge waren recht ebenmäßig, er sah beinahe etwas zu jung aus, um Vollzeit in einer Anwaltskanzlei zu arbeiten. Er besaß das, was andere eine Stupsnase nannten und seine Lippen waren fast immer zu einem Lächeln geformt – Haydn hatte noch nie gesehen, wie er die Mundwinkel nach unten zog. Ihn umgab wie immer eine positive Ausstrahlung. Mit einem Schmunzeln entdeckte Haydn, dass sein Assistent noch etwas Schlafsand im Auge hatte.

»Da müssen Sie nochmal wischen«, murmelte er und deutete auf Jeffreys Auge.

»Was? Wo?« Sein Assistent wischte an seinem Gesicht herum, schien aber nicht auf die richtige Idee zu kommen.

Haydn musste lachen, als er immer hektischer wurde. »Im Augenwinkel. Da. Merken Sie das nicht?«

Als Jeffrey immer noch viel zu fahrig an sich herumtastete, hob Haydn die Hand und berührte die Haut neben Jeffreys äußerem Augenwinkel ganz sachte. »Da.« Es war nur ein ganz flüchtiger Kontakt, kaum der Rede wert, aber sein Gegenüber erstarrte sichtlich darunter.

Haydn hob eine Augenbraue. Als Jeffrey auch noch leicht errötete, ging ihm ein ganzes Lager an Lichtern auf. Konnte es sein, dass Jeffrey wirklich keine geschäftlichen Beweggründe hatte, sondern private? Konnte es sein, dass er auf ihn stand?

Fast hätte er angefangen zu lachen. Nicht, weil er es lächerlich fand, sondern weil es so überraschend kam. Ihm war das bisher vollkommen entgangen. Ausgerechnet sein Assistent.

Ein Schmunzeln konnte er sich nicht verkneifen, als er an Jeffrey vorbei ins Bad ging. Es erleichterte ihn, diese Erkenntnis gewonnen zu haben. Wahrscheinlich hätte er das unpassend finden sollen. Aber er tat es nicht. Eher beflügelte es ihn. Noch ein Thema, mit dem er sich gedanklich befassen müssen würde ...

KAPITEL 9 – JEFFREY

DER GANZ NORMALE Alltag kehrte schnell wieder in die Kanzlei ein. Die Kollegen und Partner eroberten die Büros und bald klapperten wieder die Tastaturen und klingelten die Telefone.

Auch die studentischen Hilfskräfte kamen und wälzten Aktenordner. Kaffeegeruch schlängelte sich durch den Flur. Alles war wie immer. Zumindest rein äußerlich.

Verändert hatte sich dennoch einiges. Er hatte eine Nacht mit Haydn verbracht – zwar nicht ganz so, wie er es sich in seinen kühnen Träumen ausmalte, aber immerhin. Sie hatten privat miteinander geredet, gegessen, und einander als Menschen außerhalb ihrer beruflichen Rollen wahrgenommen. Und es kam ihm auch so vor, als hätte Haydn ihn vorhin anders angesehen.

Wo er wohl die Tüte mit den Spielzeugen versteckt hatte? Wahrscheinlich in seinem Büro. Die Bilder von letzter Nacht geisterten den ganzen Tag lang durch Jeffs Kopf. Immer wieder sah er Haydn in dem Sessel sitzen, die Beine angezogen ... oder über den Schreibtisch gebeugt, vollkommen versunken in das

Malbuch. Das waren Erinnerungen aus einer anderen Welt. Aus einer geheimen Welt, die sie gestern gemeinsam bereist hatten.

Ob er diese Gelegenheit nochmal bekommen würde? Jeff betete innerlich dafür. Aber vielleicht war das auch das erste und einzige Mal gewesen. Immerhin hatte Haydn ja jetzt wohl erkannt, was da in ihm schlummerte und er brauchte ihn nicht, um damit umzugehen. Er konnte selbst im Internet recherchieren und wenn er sich einen Daddy wünschte, dann konnte er mit Leichtigkeit jemanden finden, der einen besseren Stand hatte und mehr Erfahrung besaß.

Es bestand keine Notwendigkeit, dass er sich deswegen mit seinem Assistenten einließ. Mehr als einmal kam Jeffrey an diesem Tag zu diesem Schluss und jedes Mal seufzte er dabei.

Am späten Nachmittag stellte sich Müdigkeit ein. Er hatte letzte Nacht nicht sehr gut geschlafen und seine Schulter schmerzte – wahrscheinlich hatte er auf dem Sofa nicht optimal gelegen. Es war ja auch nicht zum Übernachten gedacht.

Heute würde er ganz normal nach Hause gehen. Es sei denn, Haydn würde wieder bleiben. Er fragte sich wirklich, warum überhaupt. Was wartete dort auf ihn? Wovor könnte sich jemand wie Haydn Lawfield drücken wollen? Und warum war er nicht ins Hotel gegangen? Er konnte keine Geldprobleme haben, oder?

Jeffrey fing an, alle möglichen Vermutungen anzustellen, vorrangig, weil sie ihn wach hielten. Aber er kam zu keiner Lösung, die ausreichend viel Sinn ergab. Es war wirklich ein Rätsel.

Als die Ersten in den Feierabend gingen, regte sich eine ganz neue Art von Unruhe in ihm. Es war die Frage, ob Haydn gehen oder bleiben würde. Und obwohl Jeff sich sein Bett herbeisehnte, wünschte er sich, dass Haydn nochmal im Büro bleiben würde, damit sie mehr Zeit miteinander verbringen konnten.

Er arbeitete langsamer, um beschäftigt auszusehen, während ein Kollege nach dem anderen seinen Abschiedsgruß in den Raum warf. Er nickte allen zu und wünschte ihnen einen angenehmen Abend. Haydn war noch nicht dabei gewesen. Dafür aber Baxter und Turner. Die beiden anderen Partner machten selten Überstunden. Manchmal lagen nach Kanzleischluss noch Geschäftsessen oder ähnliche Termine an, aber Jeffrey war sich nicht sicher, wie groß der geschäftliche und der private Anteil bei diesen Veranstaltungen waren. Es ging ihn auch nichts an.

Bald war es so still auf der Etage, dass er auf den Flur hinaustrat und überlegte, wer noch da sein könnte. Eigentlich nur Haydn.

Den Tag über hatte er ihn heute nur wenig zu Gesicht bekommen, aber wenn er ihn kurz gesehen hatte, hatte er kraftvoll gewirkt. Mehr als die Tage zuvor.

Jeffrey pirschte sich an Haydns Büro heran und überlegte, was er sagen sollte. Sicherlich nicht so etwas wie 'Was machen wir heute Nacht?' – aber genau das spukte durch seinen Kopf. Und was hatte Haydn eigentlich zu den anderen Dingen gesagt, die er gekauft hatte. Hatte er sie überhaupt schon gesehen?

Ihm wurde heiß und er fuhr sich mit kühlen Händen übers Gesicht.

»Mister Lawfield?«, fragte er schließlich vor Haydns Tür, die nur herangelehnt war. »Brauchen Sie noch etwas?«

Als er Schritte im Raum hörte, wich er von der Schwelle zurück und rieb sich die Hände. Irgendwie kribbelten seine Finger.

Lawfield öffnete die Tür, sah ihn an und steckte dann den Kopf auf den Flur hinaus, wie um zu sehen, ob die Luft rein war. Das war sie.

»Ich habe eine etwas ungewöhnliche Bitte«, sagte Haydn dann mit seiner angenehm vollen Stimme, die gleichermaßen dazu taugte, Jurys zu überzeugen und seine Knie weich werden zu lassen. Gestern hatte er nicht so geklungen. Da hatte er auf allen Ebenen etwas geschwächt gewirkt. »Würden Sie mit mir zu meinem Apartment fahren? Es könnte sein, dass mir dort ... jemand auflauert und ich würde mich besser fühlen, wenn wir zu zweit wären.«

Jeffreys Augen weiteten sich. Mit so einer Bitte hatte er nicht gerechnet. Haydn wollte, dass er mit zu ihm kam. Das war der Wahnsinn! Aber wer sollte ihm denn auflauern? Das klang gefährlich. Vielleicht jemand, der vor Gericht gegen ihn verloren hatte? Das Leben als Anwalt war nicht ungefährlich.

»Sicher. Ich begleite Sie.« Er versuchte, nicht so extrem enthusiastisch zu klingen, wie er sich fühlte. Ein Freudentanz hätte wohl komisch ausgesehen. Aber es kam ihm wie ein großer Schritt vor, dass Haydn ihn um so etwas bat. Es bedeutete eine Portion Vertrauen, nicht? Er fühlte sich geehrt und war gleichzeitig fest entschlossen, diesen Mann nicht zu enttäuschen.

»Sie haben bestimmt meinen Hintergrund überprüft und herausgefunden, dass ich mal eine zeitlang zum Kickboxen gegangen bin.« Was faselte er denn da? Das mit dem Unterdrücken von komischen Reaktionen war ihm nicht ganz gelungen. Sein Mund machte, was er wollte.

Haydn runzelte die Stirn. »Nein, so weit prüfen wir nicht, wenn kein Verdacht auf irgendetwas vorliegt. Freizeitaktivitäten sind privat.«

»Ach so. Ja, na ja, waren auch nur drei Monate. Das kann man kaum zählen. Aber ich bin auf jeden Fall bereit ...« *Sie zu beschützen* – hätte er beinahe gesagt. Gerade so hatte er den Satz dort beendet, aber die Satzmelodie hatte verraten, dass er noch mehr hatte sagen wollen. Zum Glück hakte Haydn nicht nach.

Er hielt jetzt besser den Mund. Diese Aufregung tat ihm nicht gut und wenn er so weitermachte, verspielte er alle Punkte, die er gesammelt haben mochte. Er hatte sich doch mehr in ihn verschossen, als er glaubte, wenn Haydn ihn derart nervös machen konnte.

Vielleicht lag es auch an dieser Little-Sache. Dadurch war er noch attraktiver für ihn geworden. Ja, das musste es sein.

Haydn musterte ihn noch einen Moment abwartend, dann stieß er den Atem aus, lockerte seinen Krawattenknoten und sagte: »Na dann los.«

KAPITEL 10 – HAYDN

ER HATTE LANGE mit sich gehadert, seinen Assistenten um Hilfe zu bitten. Aber er hatte eine Entscheidung treffen müssen. Seine Nachbarin hatte sich nicht nochmal gemeldet und Haydns eigene Anrufe waren ins Leere gegangen. Jetzt machte er sich nicht nur um sich selbst Sorgen, sondern auch um sie. Immerhin war sie schon etwas betagter.

Wohl oder übel musste er zum Haus fahren und nach dem Rechten sehen. Und dass Jeffrey ihn gerne begleiten würde, ahnte er ja bereits. So war es dann auch. Sein Assistent steckte voller Tatendrang.

Er joggte vor ihm die Treppen hinunter und durchs Foyer des Gebäudes. Er hielt ihm die Tür auf und war auch derjenige, der das Taxi heranwinkte. Innerlich schmunzelte Haydn. Irgendetwas an diesem Mann machte seine Seele leichter. Er war wirklich froh, dass er ihn hatte. Jemandem wie Carry hätte er sich nicht anvertrauen können. Oder einem der Partner. Mit denen pflegte er zwar ein gutes Verhältnis, aber die wenigen Vorstöße auf eine privatere Ebene hatten ihm schon gezeigt, dass sie in verschiedenen Welten lebten. Sie hätten sicherlich kein Verständnis für ... gewisse Dinge.

Mit Jeffrey hingegen fühlte er sich auf einer Wellenlänge. Was vermutlich zu einem guten Teil daran lag, dass sie beide auf Männer standen.

Vor ihnen hielt ein Wagen und Jeffrey hielt ihm die Tür auf. Haydn stieg ein und nannte dem Fahrer die Adresse. Sein Assistent rutschte neben ihn auf die Rückbank und schnallte sich an.

Draußen lag immer noch jede Menge Schnee. Jetzt gerade rieselten zwar keine Flocken hinab, aber die Gehwege waren mit Weiß und Grau überzogen und überall zogen sich kleine Schneewälle entlang, weil das Zeug nicht schmolz und irgendwo hin musste. Also schob man es an die Bordsteinkanten und nötigte so die Fußgänger dazu, darüber hinwegzusteigen.

So etwas hatte er schon lange nicht mehr gesehen. So einen Winter. Das musste ... irgendwann in seiner Kindheit gewesen sein. Womit sie wieder beim Thema waren. Haydn warf einen Seitenblick auf Jeffrey, der die Hände auf den Beinen abgelegt hatte und so wirkte, als würde er versuchen, Ruhe auszustrahlen.

Er sollte ihn wohl etwas mehr ins Bild setzen, falls Zac wirklich noch da war. Aber vor dem Taxifahrer? Das gefiel ihm nicht. Er ließ es sein. Schweigend blickte er aus dem Seitenfenster und spielte im Kopf einige mögliche Szenarien durch.

Immer wieder kam er zu dem Gedanken zurück, dass er Zacharias gar nicht erst in sein Leben hätte lassen sollen. Aber dafür war es zu spät.

Dass er mit den Spuren, die Zac in seiner Seele hinterlassen hatte, würde umgehen müssen, war ihm frühzeitig klar gewesen, aber nicht, dass er ihn auch ganz real weiterhin heimsuchen würde.

Was machte der Kerl so lange in seiner Wohnung?

Oder hatte Lynette nur seinen Abgang verpasst? Oder vergessen, ihn anzurufen? Dann würde er nicht auf ihn treffen – das wäre der bestmögliche Ausgang. Andererseits würde das auch weitere Ungewissheit bedeuten. Wenn er einmal aufgetaucht war, hielt ihn nichts davon ab, es wieder zu tun.

Irgendwann würde er in die Konfrontation gehen müssen. Nur fühlte er sich dafür nicht bereit. Es war zu viel passiert und er fühlte sich so *schwach*, wenn er nur daran dachte, sich Zac entgegenzustellen und nochmal mit ihm zu reden.

Eigentlich war es absurd, dass er sich selbst mit so einem Wort belegte. Er war Anwalt. Hatte das Studium mit hervorragenden Ergebnissen abgeschlossen und war schnell Partner in einer namhaften Kanzlei geworden. Die Ausstrahlung, die er besaß, war ihm oft bescheinigt worden: Stärke, stoische Ruhe, Kontrolle. 99,9 Prozent der Menschen sahen ihn ganz anders, als er sich fühlte, wenn er an Zac dachte.

Aber vielleicht irrten sich die 99,9 Prozent ja auch massiv. Immerhin hatte er selbst bis gestern nicht gewusst, was noch in ihm schlummerte.

Der Wagen hielt und Haydn blickte auf das vertraute, graue Gebäude. Er warf einen Blick aufs Taxameter und griff in die Innentasche seiner Jacke. Dann drückte er dem Fahrer ein paar Scheine in die Hand und stieg aus. Hinter ihm knarrten die Sitzpolster, als Jeffrey sich ebenfalls seinen Weg von der Rückbank nach draußen bahnte.

Ein kühler Gassenwind ließ Haydn frösteln. Er klappte den Kragen seines Mantels nach oben und betrachtete erst das Gebäude, dann den Gehweg davor und dann schließlich seinen Assistenten, der sich neben ihn stellte und ebenfalls das Haus ansah, als wartete er auf seine Anweisungen.

Haydn seufzte. Jetzt war wohl der Zeitpunkt gekommen, um Jeffrey zumindest ein wenig tiefer einzuweihen. Immerhin hatte er kein ungutes Gefühl bei dem Gedanken. Scheu – die schon, aber damals bei Zac hatte sein Instinkt ihn manchmal leise gewarnt. Leise genug, dass er darüber hinweggegangen war ... aber bei Jeffrey blieb er vollkommen ruhig.

»Folgendes: Es kann sein, dass uns ein Mann in meiner Wohnung erwartet, der nicht dort sein dürfte. Er hat den Schlüssel, aber er sollte nicht dort sein. Und es könnte sein, dass er aggressiv wird. Handgreiflich vielleicht. Von einer Waffe gehe ich nicht aus, aber ...« Er seufzte und verzog grimmig das Gesicht. Dieser Eiertanz war peinlicher als die eigentliche Geschichte. »Es ist mein Ex-Partner. Die Sache ging unschön auseinander. Ich dachte eigentlich, dass wir uns nicht wiedersehen, aber er war gestern hier und hat auf mich gewartet. Es kann sein, dass er immer noch da ist und ich ...« *Habe Angst, ihm zu begegnen.* Er schüttelte den Kopf. Das brachte er nicht über die Lippen. »Es ist sicherer, wenn eine dritte Person dabei ist.«

Jeffrey sah ihn die ganze Zeit über an und sein Blick wurde ernst, während er zuhörte. Am Ende nickte er kaum merklich. »Ich verstehe.«

Natürlich verstand er nicht wirklich ... nicht alles. Aber es fühlte sich trotzdem gut an, diese Worte zu hören und die Aufrichtigkeit in diesen Augen zu sehen. Es half ihm, sich weniger allein zu fühlen. Weniger schwach.

Er hatte sich nicht in Jeffrey getäuscht – er gab keinen Kommentar zu der Tatsache ab, dass er von einem Ex-Partner sprach und stellte auch keine dummen Fragen. Er war einfach nur da und wirkte bereit, um ihn hinein zu begleiten wie ein treuer Wachhund.

»Gehen wir.«

KAPITEL 11 – HAYDN – DAMALS

DER EISTEE SCHMECKTE seltsam. Haydn verzog das Gesicht und stellte das Glas wieder ab. Wahrscheinlich hatte die Flasche schon eine Weile offen im Kühlschrank gestanden und war still und heimlich abgelaufen.

»Wie ist das Hühnchen?«, fragte Zac, der sich fein für ihn herausgeputzt hatte und ihn mit einem erwartungsvollen Lächeln ansah. Haydn riss sich zusammen und beschloss, über diesen kleinen Fehler kommentarlos hinweg zu gehen.

»Gut«, sagte er und hob seine Gabel, auf der er gerade ein Stück davon aufgespießt hatte. »Zart und gut gewürzt«, lobte er, was das Lächeln seines Freundes noch breiter werden ließ.

Zac war gutaussehend und besaß die selbstbewusste, charmante Ausstrahlung, die ihm in seinem Job als Barkeeper dabei half, an jedem beliebigen Abend massenhaft Drinks an den Mann zu bringen. Heute hatte er sich extra frei genommen, um ihn bei sich zu Hause zu bekochen.

Sie wollten sich nach einigen ... Schwierigkeiten in ihrer Beziehung mehr Zeit in Ruhe füreinander nehmen. Noch hatte niemand die Probleme angesprochen. Und vielleicht würden sie auch gar nicht so viel reden, sondern einfach nur etwas Nähe genießen und so ihre Verbindung zueinander stärken.

Oder vielleicht war es auch der letzte ehrenvolle Versuch, eine Partnerschaft zu retten, die es von Anfang an schwer gehabt hatte.

Die Atmosphäre war gelöst und angenehm, während sie aßen und tranken. Zac erzählte Anekdoten aus der Bar und im Hintergrund lief Musik aus einer Playlist, die sie gemeinsam mit ihren Lieblingssongs gefüllt hatten.

Zac wirkte entspannter als sonst. In letzter Zeit hatte er oft ein wenig verkrampft ausgesehen und sich mit lockeren Gesprächen schwergetan. Jetzt schien es so, als würden sie sich vielleicht doch wieder aufeinander zubewegen. Vielleicht würde er ihm nachher ja sagen, dass diese Dinge, wegen denen sie stritten, gar nicht so wichtig für ihn waren.

Nach dem Essen räumte Zac ab und sie verzogen sich auf sein Wohnzimmersofa, um einen Film zu schauen. In der Wohnung war es auf eine gemütliche Art schummrig. Nur die Hintergrundbeleuchtung von Zacs Regalen und Schränken glühte vor sich hin. Man hätte gut beim Filmschauen einschlafen können, weggetragen von der Wärme und dem Geruch des jeweils anderen.

Und Haydn fühlte sich tatsächlich sehr wohl. Bis er merkte, dass etwas nicht stimmte. Stirnrunzelnd wandte er den Blick vom Fernsehbildschirm ab und schaute an sich nach unten, obwohl er da sowieso nichts sehen konnte, weil er komplett angezogen war und zudem Zac direkt vor ihm lag. An ihn geschmiegt ... Und jetzt bewegte er auch noch den Hintern, so als hätte er es auch gemerkt.

»Hast du deine Meinung geändert?« Sein Freund drehte grinsend den Kopf und bewegte aufreizend seinen Unterleib. Haydn spürte die Reibung ... und die Erektion in seiner Hose.

»Nein, habe ich nicht«, gab er zurück.

Zac drehte sich um und küsste ihn, bevor er sagen konnte, dass sein Ständer gerade nichts mit Erregung zu tun hatte. Manchmal ergaben Körper eben keinen Sinn. Sein Freund schien diese Sache allerdings als klare Aufforderung zu verstehen. Er öffnete mit fliegenden Fingern sein Hemd und die Hose.

»Warte«, sagte Haydn. »Ich will das gar nicht.«

Zacharias gab nur ein Zischen von sich, als wären seine Worte vollkommen abwegig und verdienten keine Beachtung. »Natürlich willst du. Ich bin dein Freund. Du willst mich ficken. Wäre zu schön, wenn du dazu stehen könntest.«

Haydn schüttelte den Kopf und Zac machte einfach weiter, packte seinen Schwanz aus und schloss die Hand um seinen Schaft. Auf eine rein mechanische Art und Weise fühlte sich das zwar gut an, aber allein Zacs Worte und wie er ihm gerade begegnete, reichten, um die Sache vollkommen zu vergiften und eigentlich zu einem Abturner zu machen.

»Es hat sich nichts geändert, Zac«, sagte er. »Ich bin immer noch ...«

»Kein Top. Ja ja. Bleib einfach liegen, dann ficke ich mich selbst mit deinem Schwanz. Scheint der beste Kompromiss zu sein.«

Haydns Kehle trocknete aus und zog sich schmerzhaft zusammen. Mit einem Mal klang Zac so kühl und so pragmatisch. Und vor allem klang er so, als hätte er das hier geplant.

Für kurze Zeit schien sein Bewusstsein die Realität zu verlassen und verlor sich in einem wilden Kreisen um siedend heiße Gedanken. Zac hatte ihm was in den Eistee getan. Potenzmittel vielleicht. Irgendwas, das ihn hart machte, obwohl er überhaupt nicht wollte.

Sein Schock konnte nur Sekunden gedauert haben, aber es hatte Zac gereicht, um ihm ein Kondom überzustreifen und sich selbst seiner Hose zu entledigen. Haydn gab ein wütendes

Geräusch irgendwo zwischen Brüllen und Brummen von sich und wollte ihn von sich wegstoßen, aber Zac versetzte ihm einen Schlag gegen den Kehlkopf, der ihn genauso überraschte wie dieser gesamte Überfall. Ihm blieb für einen Moment die Luft weg und Schmerz und Schrecken und Angst und Ekel überwältigten ihn.

»Nicht«, hörte er sich japsen. Es klang seltsam. Zac lachte leise und dann setzte er sich auf ihn. Das Herz in Haydns Brustkorb raste. Ihm war heiß und kalt und die Haare auf seinen Armen standen zu Berge, ein kribbelndes, unangenehmes Gefühl wie bei einem intensiven Horrorfilm.

Zac gab ein kurzes Schnaufen von sich, als er das Becken halb mit Gewalt auf seinen Schoß senkte. Haydn drehte den Kopf zur Seite. Eine Welle aus Übelkeit wogte in ihm auf und er schluckte dagegen an.

Dann ballte er die Fäuste und schlug nach Zac, fühlte sich für einen Moment von Wut gestärkt und traf auch seinen Körper, aber es brachte den Mann nicht davon ab, sein Tun fortzusetzen. Zac schnaubte nur und rollte das Becken.

Eine ekelhafte Art von Gefühl durchlief Haydn. Er wollte das nicht. Er wollte das verfickt nochmal nicht und Zac hatte kein Recht, ihm das aufzuzwingen.

Irgendwie bäumte er sich auf und sie fingen an, wirklich miteinander zu kämpfen. Er schlug nach Zacs Kopf, wollte ihm die Hände um den Hals legen, oder ihn von hinten mit den Knien treffen, irgendetwas tun, um ihn abzuhalten, wenn nötig, indem er ihn verletzte.

Aber Zac schien genauso sehr zu wollen, dass er stillhielt und ihn die Sache zu Ende bringen ließ. Für quälend lange Sekunden wurden sie zu einem menschlichen Knäuel aus Armen, Fäusten, kratzenden Fingernägeln, Schweiß und unwirschen Lauten. Alles vermischte sich und später erinnerte er sich nicht mehr an den genauen Ablauf oder daran, wie lange es gedauert hatte.

Was ihm in Erinnerung blieb, war ein Gefühl von Wut und tiefer Ohnmacht, von Verzweiflung und Kontrollverlust, von Angst und Ekel und Fassungslosigkeit und diesem grässlichen Gefühl eines Körpers, der einem anderen Menschen mehr zu Willen war als ihm selbst.

Und er erinnerte sich an weitere Rangeleien, als er danach gehen wollte, an eine lange Dusche zu Hause und an seine eigene erstickte Stimme, die ihm wie der Inbegriff von Schwäche vorkam.

KAPITEL 12 – JEFFREY

ER SPÜRTE, DASS etwas in Haydn vorging und er wünschte sich sehr, diesem Mann mehr helfen zu können als nur damit, dass er hinter ihm dieses Haus betrat und die Treppe nach ihm hochstieg.

Ihm entging nicht, wie angespannt Haydn sich bewegte, fast wie ein Roboter, dem man jede Muskelregung erst eingeben musste. Seine Schritte wirkten genauso schwer wie sein Atem. Was war wohl zwischen ihm und seinem Ex vorgefallen? Vielleicht war Haydn betrogen und ausgenutzt worden. Oder sie hatten sich verprügelt. Er konnte sich einige Dinge vorstellen, obwohl nichts so recht zu seinem Bild von Haydn passen wollte. Er schätzte ihn nicht als jemanden ein, der handgreiflich wurde – eher war er der Typ, der zu deeskalieren versuchte, der verhandelte.

Obwohl er durchaus gute Voraussetzungen hatte, um Konflikte körperlich in seinem Sinne zu lösen … also um Prügeleien zu gewinnen. Haydns breite Schultern und muskulöse Arme beeindruckten mindestens genauso wie seine Fähigkeit, selbst die kompliziertesten Fälle in Windeseile zu durchdenken.

Jeff war auch nach Monaten in der Kanzlei immer noch oft wie vom Donner gerührt, wenn Haydn den ersten Blick auf ein Verfahren warf und binnen Sekunden eine Liste der Passagen und Fälle diktierte, die er ihm heraussuchen sollte. Oder wenn er Schreiben formulierte.

Aber – wies Jeff sich selbst zurecht – das war ja auch ein dämliches Klischee, dass muskulöse Männer nicht gleichzeitig klug oder Anwälte nicht gleichzeitig sportlich sein konnten. Haydn war beides ... und dazu noch ein Little. Jeff biss sich auf die Unterlippe und verdrängte den Gedanken. Er sollte sich lieber konzentrieren und aufmerksam sein, falls dieser Ex-Freund ihnen auflauerte oder so.

Vielleicht war er ja ein Drogenboss? Ein Typ von der Mafia? Das hätte erklärt, warum Haydn sich so schwertat, irgendetwas über die Sache zu verraten. Anwalt und Mafiaboss, das wäre wie in einer Fernsehserie.

Schluss jetzt.

Sie gelangten in die erste Etage und noch regte sich rein gar nichts. Weder im Treppenhaus noch in einer der Wohnungen. Haydn ging voraus und führte sie zu einer Tür, vor der ein einfacher grauer Abtreter lag.

Dort stand er einige Sekunden lang und schien sich sammeln zu müssen. Jeff traute sich und berührte Haydn am Arm, um ihm zu signalisieren, dass er da war. Der Anwalt warf ihm einen kurzen Blick zu und zog dann einen Schlüssel aus seiner Manteltasche. Haydn schien laute Geräusche vermeiden zu wollen, denn er drückte den Schlüsselbund in er Handfläche zusammen und schloss ganz leise auf.

Lauerte da wirklich jemand in der Wohnung? Jeff spannte sich an und betrat dicht hinter Haydn den Flur.

Der Raum lag dunkel da und es war ganz still. Kein Fernseher, kein Radio, kein laufendes Wasser. Haydn pirschte voran. Er spähte durch den ersten Türrahmen, rechts von ihnen, dann drückte er die nächste Tür auf und blickte in ein Zimmer.

Jeff ging auf Zehenspitzen hinterher. Solange sein Chef sich so still verhielt, würde er es ihm nachmachen. Weil er seine Neugier nicht zügeln konnte – und natürlich auch, um sicherzugehen, dass Haydn nichts übersehen hatte – warf er ebenfalls einen Blick in jeden Raum, den sein Gastgeber inspizierte.

Der erste Raum war ein Badezimmer, weiß ausgekleidet, mit einem dieser schicken Designer-Waschbecken und minimalistischem Wasserhahn. Die Dusche war bodengleich und ganz schön groß. Vor dem Fenster stand eine große Grünpflanze mit gemusterten Blättern.

Bei dem zweiten Raum handelte es sich um die Küche, in Braun- und Grüntönen gehalten und gut ausgestattet, mit süßen bunten Magneten am Kühlschrank.

Dann, an der Stirnseite des Flures, ging es ins Wohnzimmer. Die Sofainsel wirkte unberührt, keine Abdrücke auf den Kissen, kein gebrauchtes Geschirr – keine Spur von heimlichen oder ungebetenen Besuchern.

Haydn schob sich an ihm vorbei aus dem Raum und wandte sich der nächsten Tür zu. Das war dann vermutlich das Schlafzimmer. Dort zögerte er nochmals, drückte dann aber entschlossen die Klinke herunter und sein Kehlkopf hüpfte, als er sie öffnete. Dann stieß er hörbar den Atem aus.

Jeff spähte neben ihm in den Raum. Entwarnung. Es schien niemand hier zu sein. Das Bett war frisch gemacht, die Vorhänge zugezogen.

Haydn prüfte auch noch das letzte Zimmer, das Jeff als eine Art Arbeits- oder Hobbyraum abhakte und wandte sich dann zu ihm um. »Die Luft scheint rein zu sein.« Er wirkte erleichtert. »Aber ich möchte ganz sicher gehen.«

Damit schob er sich nochmals an ihm vorbei und marschierte zurück ins Wohnzimmer, wo er auch hinter den Vorhangschals nachsah und die größeren Schränke öffnete. Jeff nickte und lehnte sich im Wohnzimmer an eine Wand. Er hätte ja gerne geholfen, aber er fand, dass es ihm nicht zustand, einfach Haydns Schränke zu öffnen – und wenn es nur war, um nachzusehen, ob sich jemand darin versteckte.

Er musste seinem Ex ja eine Menge zutrauen.

Einige Minuten und geöffnete Schränke später, kam Haydn zur Ruhe und ließ sich auf dem Sofa nieder. »Er ist nicht mehr da. Ich rieche auch sein Parfüm nicht, obwohl er sich immer ziemlich damit eingedieselt hat. Er muss schon länger fort sein. Wahrscheinlich ist er noch gestern gegangen und Lynette hat es einfach nicht bemerkt.«

Er stand wieder auf. »Ich sollte bei ihr nach dem Rechten sehen. Warten Sie kurz hier?«

Jeff nickte und sah Haydn nach, wie der die Wohnung verließ. Dann war er allein im privaten Reich seines Chefs. Er musste ihm wirklich vertrauen. Ein glückliches Lächeln breitete sich auf seinen Zügen aus und Jeff erlaubte sich, kurz ins Badezimmer zu gehen. Er wollte die Hände waschen und in den Spiegel schauen. Im Flur fiel ihm eine Tüte auf, die ihm bekannt vorkam. Haydn musste die Einkäufe aus der Kanzlei mit hergebracht haben. Unter seinem Mantel versteckt? Er konnte sich nicht erinnern, die Tüte im Taxi gesehen zu haben.

Als Haydn wiederkam, hatte er sich gerade im Wohnzimmer aufs Sofa gesetzt und angefangen, die Dekorationen zu betrachten. Zuerst hatte der Raum auf ihn gewirkt, als sei er sehr clean und kaum dekoriert, aber dann hatte er die gläsernen Figuren bemerkt, die sich hier und da auf Regalbrettern oder in den Ecken der Fensterbretter versteckten.

Anscheinend hatte Haydn etwas für Glaskunst übrig. Jeff hätte sich die kleinen Dinger gerne näher angesehen, aber er blieb sitzen, als Haydn sich näherte.

»Es geht ihr gut. Sie ist wahrscheinlich an dem Nachmittag eingenickt und hat deswegen nicht gemerkt, wann er gegangen ist.« Er seufzte und fuhr sich durchs Haar.

»Wie geht es jetzt weiter?«, fragte Jeff und sah sofort an Haydns Miene, dass er sich dieselbe Frage gestellt hatte. »Ich meine ... ist es wahrscheinlich, dass er wiederkommt und dir ... Verzeihung, Ihnen auflauert?«

Haydn stieß ein Seufzen aus. »Nach allem wäre das Du wohl angemessen«, murmelte er. »Aber nur im Privaten. Im Büro müssen wir die Distanz wahren.«

Jeff hob die Brauen. »Es fühlte sich nur gerade so an ... hier in der Wohnung und ...«

»Schon gut. Wie gesagt. Wir haben wohl eine Ebene erreicht, auf der es albern ist, weiterhin so förmlich zu sein. Außerhalb der Kanzlei kannst du mich Haydn nennen.«

Jeff strahlte. »Danke! Und ... was wirst du unternehmen?«

»Ich lasse die Schlösser austauschen. Wenn das nicht hilft, werde ich wohl oder übel umziehen müssen.«

»Hast du eine Idee, was er hier gewollt haben könnte? Will er irgendetwas zurückhaben, was er dir mal geschenkt hat oder so?«

Haydn schnaubte. »Nein. Ich glaube nicht. Entweder will er mich einschüchtern oder ... die Trennung rückgängig machen.« Er schüttelte den Kopf. »Ich will nicht darüber reden. Die Aktion hier war aufwühlend genug. Möchtest du etwas essen? Ich koche etwas für uns. Als Entlohnung für deine Hilfe.«

KAPITEL 13 – HAYDN

WÄHREND SIE DEN Gemüsereis aßen, den er für sie beide zusammengerührt hatte, flog sein Blick immer wieder zu Jeffrey. Irgendwie musste er an den Satz mit dem Kickboxen denken, den er vorhin fallengelassen hatte. Und er dachte an die Dinge, die er gestern Nacht für ihn gekauft hatte. Die Sachen befanden sich jetzt im Flur. Er könnte sie nach dem Essen holen und sich damit entspannen.

Wenn er sich nur vorstellte, mit dem Malbuch und den Spielsachen die Seele baumeln zu lassen, fühlte er sich schon entspannter. Aber gleichzeitig kehrte damit auch das Gefühl der Verletzlichkeit zurück. Das vertrug sich überhaupt nicht mit der Angst vor Zac, die heute sehr lebendig war.

Konnte er Jeffrey um noch einen Gefallen bitten?

Wenn er Recht mit seiner Vermutung hatte, dass der Assistent etwas mehr für ihn übrig hatte, würde er bestimmt Ja sagen. Aber ... begab er sich damit nicht erneut in Gefahr? Auf gewisse Art und Weise lieferte er sich ihm aus, wenn er sich auslebte, während er anwesend war. Sich auf ihn verließ.

Andererseits hatte Jeffrey ihm noch nicht den winzigsten Anlass gegeben, ihm zu misstrauen. Er war durchweg freundlich, hilfsbereit, verlässlich und – soweit er es einschätzen konnte – aufrichtig gewesen. Und er hatte ein gutes Gefühl ihm gegenüber. Wahrscheinlich war es besser, auf ihn zu vertrauen, als alleine in der Wohnung zu bleiben, zu der sich Zac jederzeit Zutritt verschaffen konnte.

Außerdem ... musste er zugeben, dass Jeffrey ihm auch rein optisch gefiel, wenn er zuließ, einen Mann auf diese Weise zu betrachten. Er hatte schöne Augen und gepflegte Hände und wenn er lächelte, wollte Haydn keine Sekunde davon verpassen.

War es klug, solche Gedanken zuzulassen?

»Es war sehr lecker, danke für die Einladung.«

Haydn sah auf und da war genau dieses Lächeln. Für ein albernes kleines Abendessen wie dieses.

»Du hast mir sehr geholfen.«

»Aber es war keine Last für mich.«

Haydn neigte den Kopf. »Auf dem Stuhl und dann auf dem Sofa zu schlafen war keine Last?«

»Ein bisschen. Aber ich habe es gern getan.«

»Danke.«

Jeff nickte. »Also ... sind wir uns sicher, dass die Wohnung sauber ist. Dann ...« Er wirkte nicht wirklich, als ob er gehen wollte. Wahrscheinlich war es eher seine Vernunft, sie ihn zum Aufbruch drängte.

»Du willst sicherlich nach Hause. In dein eigenes Bad und eigenes Bett«, sagte Haydn.

»Es sei denn, du brauchst mich hier doch noch.« Die Hoffnung, die in Jeffreys Blick leuchtete, ließ Haydn schmunzeln.

»Ich würde mich gerne noch ein bisschen entspannen und würde mich sicherer dabei fühlen, wenn jemand da wäre, dem ich vertrauen kann. Wir können dir das Sofa hier einrichten – es ist deutlich komfortabler als das kleine Sofa in der Kanzlei. Und mein Badezimmer ist gut ausgestattet.«

»Du willst, dass ich über Nacht bleibe?«

»Es hat keinen Einfluss auf deine Arbeit in der Kanzlei. Ich bitte dich als Privatperson darum und du brauchst keine Sorge haben, dass sich das irgendwie negativ auswirkt«, stellte er schnell klar. Er wollte nicht, dass Jeffrey sich unter Druck gesetzt fühlte. Er sollte nur bleiben, wenn er es wollte.

Jeffreys Miene entspannte sich und aus dem anfänglichen Unglauben wurde Begeisterung. »Das Sofa macht einen bequemen Eindruck«, stellte er dann fest. »Und die Dusche sah auch luxuriös aus.«

Das nahm er als Zusage. »Benutz sie so ausgiebig du möchtest. Die Regenfunktion finde ich sehr entspannend.« Er stand auf und räumte das Geschirr weg. Jetzt, wo die Abendplanung geklärt war, wollte er möglichst schnell zu den Sachen aus dem Beutel kommen.

Sobald er alles in der Küche erledigt hatte, schnappte er sich die Tüte vom Garderobenhaken und ging damit ins Wohnzimmer. Jeffrey stand an einem der großen Fenster und schaute auf die Stadt. Es fiel wieder Schnee, dieses mal waren es aber nur kleine weiße Fusseln, die man nur sah, wenn man ganz genau hinschaute. Ein Hauch von Glitzer in der Luft.

»Irgendwann möchte ich mal einen Wintersport-Urlaub machen. Skifahren oder Snowboarden«, murmelte Jeffrey, als er neben ihn trat. »Ich bräuchte einen Anfängerkurs, weil ich sowas noch nie gemacht habe, aber ich hätte echt Lust darauf.«

»Skifahren ist super«, bekräftigte Haydn. »Meine Eltern haben mich früher immer in die Berge mitgenommen. Wobei ich anfangs fast mehr Spaß an den Lifts hatte als auf den Pisten, aber das hat sich dann verschoben. So eine Strecke hinabzurauschen kann einen Heidenspaß machen.«

Jeffrey nickte. »Ich nehm's mir für nächstes Jahr vor.« Dann wandte er sich ihm zu. »Willst du anfangen? Wo möchtest du dich hinsetzen?«

Als Haydn das Thema so locker auf den Tisch brachte, streifte ihn ein Anflug von Scheu, den er aber schnell wieder abschüttelte. »Ich nehme den Sessel. Dann kannst du in Ruhe dein Schlaflager beziehen, ohne Rücksicht auf mich nehmen zu müssen.«

Sie kehrten zum Tisch zurück und Haydn breitete die Buntstifte und das Malbuch aus. Hier in seiner Wohnung fühlte er sich sicherer damit als im Büro. Trotzdem kribbelte es in seinem Bauch und etwas in ihm flatterte, wenn er zu Jeffrey schaute, vor dem er das alles offen zur Schau stellte.

Doch dieser Mann gab ihm zu keiner Sekunde das Gefühl, dass das irgendwie seltsam war. Er blieb vollkommen gelassen, starrte nicht, lachte nicht darüber. Für ihn schien es dasselbe zu sein, als würde er ein Buch von Tolstoi aufschlagen und darin zu lesen beginnen.

Jeffrey nahm auf dem Sofa Platz und schaltete den Fernseher ein, während Haydn sich ein Motiv aussuchte und dann nach der ersten Farbe griff. Nach ein paar Minuten merkte er, dass ihm seine Sachen zu unbequem wurden, und unterbrach seine Aktivitäten, um Krawatte und Jackett abzulegen. Dann stürzte er sich wieder auf das Malbuch.

Anfangs achtete er noch auf Jeffrey, aber das nahm mit der Zeit ab. Später merkte er es nicht einmal, dass er aufgestanden sein musste, denn auf einmal stellte jemand ein Glas Orangensaft vor ihm ab. Haydn griff dankbar danach und trank einen großen Schluck. Er war sehr durstig geworden, ohne es zu realisieren.

Aber Jeff passte auf ihn auf. Die ganze Zeit. Er war wirklich toll. Jemand, der sein Vertrauen verdiente.

KAPITEL 14 – JEFFREY

DER FILM, DEN er sich ausgesucht hatte, konnte nicht mit dem Schauspiel mithalten, das Haydn ihm bot. Jeff versuchte zwar, seinen Chef nicht die ganze Zeit zu beobachten, aber ausblenden konnte er ihn dennoch nicht.

Es war faszinierend zu sehen, wie er sich in das Ausmalen vertiefte und deutlich spürbar alles andere um sich herum vergaß. Eine Weile summte er vor sich hin, lehnte sich vor, nahm ganz andere Sitzpositionen ein, und ging einfach völlig in seiner Tätigkeit auf.

Aber Jeff merkte auch, dass er nicht nur seinen Stress dabei vergaß, sondern auch andere Dinge. Irgendwann hustete Haydn so trocken, dass Jeffrey sich daran erinnerte, dass manche Littles mehr brauchten als bloße Gesellschaft. Also stand er auf und holte ihm etwas zu Trinken.

Irgendwann schlief Haydn mitten beim Malen ein. Es sah lustig aus, wie er den Stift noch in der Hand hielt. Jeff hätte gerne ein Foto gemacht – nur für sich selbst als Erinnerung, aber das ging natürlich nicht. Stattdessen lehnte er sich vor und nahm ihm vorsichtig den Stift aus den Fingern. Dann stand er auf und warf einen Blick in das Schlafzimmer, schlug die Decke zurück und schüttelte das Kissen nochmal auf.

Leise kehrte er ins Wohnzimmer zurück und überlegte eine Weile, wie er Haydn am besten ins Bett bugsieren konnte. Wenn möglich wollte er ihn dabei nicht aufwecken. Der Mann brauchte die Erholung. Was auch immer da mit diesem Ex-Freund gelaufen war, schien belastend zu sein, und die Tatsache, dass Haydn nicht genauer darüber sprach, sagte ihm, dass es keine Lappalien waren, die sich zwischen ihnen abgespielt hatten.

Jeff ging neben dem Sessel in die Hocke, schob einen Arm unter Haydns Kniekehlen durch und legte den anderen um seinen Rücken. Ganz vorsichtig hob er ihn hoch. Ein leises Ächzen entkam ihm. Der Mann war schwerer als erwartet. Eigentlich kein Wunder bei seinem Body, aber irgendwie hatte er wohl seine eigene Kraft überschätzt.

Falls du das hier noch öfter machen willst, solltest du anfangen, zu trainieren, ging es ihm durch den Kopf. *Ein Daddy sollte stark genug sein, um seinen Jungen zu tragen. Und bestenfalls sollte er dabei nicht ächzen.*

Tja, im Normalfall suchte man sich wohl auch einen Boy aus, der kleiner und schwächer als man selbst war – sie beide gaben eher das umgekehrte Bild ab. Haydn war ein Stückchen größer als er und außerdem breiter gebaut. Die meisten Leute hätten wohl eher ihn für den Daddy gehalten.

Aber ihn störte das eigentlich nicht. Er wollte für Haydn da sein, scheißegal, wie sie in ihren Rollen optisch zueinanderpassten.

Sorgsam trug er ihn aus dem Raum und brachte ihn hinüber ins Schlafzimmer. Dort legte er ihn auf der Matratze ab, schob ihm das Kissen unter den Kopf und zog die Decke über ihn.

Einen Moment lang erlaubte er sich, sein schlafendes Gesicht zu betrachten, aber dann verließ er den Raum und schloss die Tür.

Inzwischen war er auch ganz schön müde. Es war ein langer Tag gewesen und die letzte Nacht hatte seine Akkus nicht gut aufgefüllt. Von dem Sofa in Haydns Wohnzimmer erhoffte er sich in der Hinsicht mehr.

Mit wenigen Handgriffen zog er die Liegefläche aus und baute sich sein Bett. Dann ging er ins Badezimmer, wusch sich und putzte die Zähne mit einer Bürste, die er abgepackt in der Schublade gefunden hatte.

Dann zog er sich bis auf die Unterwäsche aus und legte sich schlafen.

Tatsächlich war das Sofa genauso bequem wie ein Bett und das einzige, was ihn ein wenig wachhielt, war seine Aufregung darüber, dass er tatsächlich bei Haydn übernachten durfte.

Wie nahe sie sich in diesen 48 Stunden gekommen waren, grenzte an ein Wunder. Und in diesem Moment erlaubte er sich die kleine Hoffnung, dass noch mehr daraus werden konnte. Lächelnd schlief er ein und erwachte erst wieder am Morgen, als das erste Sonnenlicht durch die Fenster des Appartments fiel.

Blinzelnd schaute er sich in dem fremden Raum um und lauschte in die Wohnung hinein. So still und friedlich. Draußen rauschten Autos vorbei, aber selbst das war ein sehr fernes Geräusch – das Haus schien gut gedämmt zu sein. Wahrscheinlich normal in einer so teuren Gegend.

Jeff setzte sich auf, rieb sich die Augen und hielt dann in der Bewegung inne, weil ihm einfiel, wie Haydn ihn auf den Schlafsand hingewiesen hatte. Ob er noch schlummerte? Leise erhob er sich vom Sofa, streckte sich und trat ans Fenster.

Natürlich war die Stadt längst wach. Menschen eilten zur Arbeit, zum Flughafen oder nach Hause ... andere drehten sich wahrscheinlich gerade nochmal um und dösten weiter. Für einige hatte der Urlaub schon begonnen, andere würden sicherlich über die Feiertage arbeiten.

Ihm war es nur recht, wenn er in der Kanzlei gebraucht wurde. Hätte er freigehabt, wäre er vielleicht in eine Bar gefahren und hätte dort auf irgendeiner Fete den Weihnachtsabend verbracht.

Jetzt wünschte er sich am meisten, dass er diese besondere Nacht vielleicht auch mit Haydn verbringen könnte, aber das war ein absurder Wunsch. Wahrscheinlich würde sein Chef mit der Familie feiern. Es war ja nicht jeder so abgekapselt wie er, der dem Kleinstadtleben so dringend hatte entfliehen wollen, dass er direkt hunderte Meilen weit weggezogen war.

Nun ja, wenn er ehrlich war, war es nicht hauptsächlich das Kleinstadtleben gewesen, von dem er Abstand wollte. Nachdem seine Eltern auf dem Highway verunglückt waren, hatte ihn seine Tante aufgenommen, da war er knapp vierzehn gewesen. Anfangs hatte er sie für freundlich und liebevoll gehalten, doch das, was er Anfangs für etwas nervige Tröstungsversuche und -umarmungen gehalten hatte, war ihm irgendwann zu weit gegangen. Als sie einmal nachts zu ihm ins Bett kommen wollte, hatte er sie rausgeschubst und dafür die heftigste Ohrfeige seines Lebens erhalten. Zusammen mit der Drohung, dass sie ihn zur Adoption freigeben würde, wenn er sich so undankbar verhielt. Gefolgt waren knapp zwei Jahre, über die er nicht gerne sprach oder nachdachte. Was ihm Stärke gegeben hatte, war sein Cousin Edgar, ihr Sohn, der ein Jahr älter gewesen war als er. Jeff war sich bis heute nicht ganz sicher, ob sie ihn ebenfalls so bedrängt hatte, aber er ging stark davon aus, denn Eddy hatte sich schnell seinem Fluchtplan angeschlossen.

Irgendwann haue ich hier ab und gehe in die große Stadt, hatte er ihm immer gesagt und Edgar hatte genickt und gesagt 'Ich auch'. Obwohl er der Ältere gewesen war, hatte er sich von ihm leiten und helfen lassen und am Ende waren sie wirklich gemeinsam aufgebrochen.

Edgar hatte bald darauf eine Freundin gefunden und war in dieselbe Stadt wie sie gezogen. Jeff konnte ihm nicht böse sein, dass der Kontakt dünn gewesen war – immerhin war er sich sicher, dass Eddy nicht in Versuchung geriet, zurück nach Hause zu gehen. Und das war ihm das Wichtigste.

Während er so seinen Gedanken nachhing, streifte sein Blick eine Glasfigur, die in der Ecke des Fensterbrettes stand, als würde sie sich dort verstecken.

»Wir sind schon zwei Gestalten«, murmelte er leise vor sich hin. »Einer, der sich versteckt und einer, der weggelaufen ist.«

Er musterte die Glasfigur einen Moment lang. Es war ein Eichhörnchen. Die meisten der Figuren schienen Tiere zu sein. Jeff schmunzelte und ließ seinen Blick von einer Figur zur anderen huschen. Sie waren alle so versteckt. Einige saßen halb hinter Bilderrahmen oder Büchern. Die einzigen Farbtupfer in diesem ansonsten so seriösen und geradezu distanzierten Apartment. Vielleicht drückten sie aus, wie Haydn sich fühlte ... wie diese eine Facette von ihm sich verbergen musste, um das Gesamtbild nicht zu stören.

Jeffrey drehte das Eichhörnchen vorsichtig zur Fensterscheibe, damit es wenigstens hinaussehen konnte. Dann schlich er hinüber in den Flur. Er wollte nur feststellen, ob Haydn noch schlief, oder ob sich im Schlafzimmer schon etwas regte

KAPITEL 15 – HAYDN

ER WUSSTE NICHT, wie er ins Bett gekommen war, aber er fühlte sich gut. Ausgeschlafen. Ausgeglichen. Haydn gähnte und streckte seine Gliedmaßen unter der warmen, schweren Decke.

Er erinnerte sich daran, sich zögerlich über das Malbuch gebeugt zu haben, mit einem zweifelnden Seitenblick auf Jeffrey. Es war seltsam gewesen, einfach so vor jemand anderem damit anzufangen, doch er hatte seinen Gast schnell ausgeblendet. Und dann ... dann war er in eine andere Welt und Wahrnehmung abgeglitten. Konnte sein Little-Verhalten so etwas wie einen Filmriss bewirken?

Haydn rollte sich auf die Seite und angelte sein Handy vom Nachttisch. Eine Weile gab er Begriffe und Phrasen ein, wurde aber nicht viel schlauer. Anscheinend nahm es jeder unterschiedlich wahr, wenn er sich auslebte. Er stolperte über den Begriff »Little-Space«, den einige wohl ungefähr für das verwendeten, was mit ihm geschehen war – wenn man ganz in seinem Tun versank und sich über nichts mehr Gedanken machte. Es hatte sich gut angefühlt, das wusste er noch. Leicht wie ein Schwebezustand. Unbeschwert. Er ... war nicht wirklich wieder ein

Kind gewesen. Je länger er darüber nachdachte, umso mehr schärfte sich die Erinnerung.

Jeffrey hatte ihm zwischendurch etwas zu Trinken gebracht. Er erinnerte sich an das Gefühl des Glases unter seinen Fingern und daran, wie ihm bewusst geworden war, dass er großen Durst hatte. Seine körperlichen Bedürfnisse waren anscheinend erst weit in den Hintergrund getreten, aber dann, als er sie gespürt hatte, waren sie umso intensiver. Deswegen hatte er auch gleich fast das ganze Glas ausgetrunken.

Mit einem Seufzen sank er wieder tiefer ins Kissen und ließ die Hand mit dem Smartphone sinken. Es war gut, dass er diese Sache nicht ganz allein erforschte. Dass Jeffrey da war und ihn im Auge behielt.

War er am Ende eingeschlafen? Hatte sein Gast ihn ins Bett bringen müssen? An diesen Teil des Abends konnte er sich auch mit viel Mühe nicht erinnern.

Seufzend schob er die Decke von sich und stand auf. Sobald er seinen Körper aufrichtete und deutlicher spürte, wurde ihm noch bewusster, wie viel besser er sich fühlte. Kräftig und erholt. Haydn rollte die Schultern, bis die Gelenke knackten, und wollte schon aus Gewohnheit nach seinem Morgenmantel greifen, der an einem Haken neben dem Bett hing. Dann stockte er.

Er trug noch seine Sachen von gestern. Kopfschüttelnd knöpfte er sein Hemd auf und öffnete den Gürtel. Zwei Nächte hintereinander in diesen Sachen. Gut, dass jetzt Wochenende war. Er musste dringend einige Dinge wieder auf die Reihe bekommen.

Die Hose und das Hemd schmiss er in den Wäschekorb in der Ecke des Schlafzimmers und fischte sich neue Sachen aus dem Schrank. T-Shirt und Jeans. Aber erst eine Dusche.

Als er vor sein Zimmer trat, stand Jeffrey direkt vor ihm. Haydn schnappte nach Luft. Beinahe wären sie zusammengestoßen. Mit großen Augen starrte der andere Mann ihn an, dann zog er sich zurück.

»Entschuldigung. Ich habe gerade an der Tür gelauscht, weil ich wissen wollte, ob du schon wach bist. Hätte ich Schnarchen gehört, hätte ich mich auch wieder hingelegt.«

Haydn schnaubte leise. »Ich schnarche nicht.«

»Oh, ich auch nicht.« Jeffrey lachte. »Wir könnten also lautlos zusammen schlafen.« Dann hielt er sich die Hand vor den Mund. »Ich meine ... nur, weil wir beide ...«

Okay, der Kerl musste wirklich in ihn verknallt sein. Entweder das, oder er war am frühen Morgen betrunken. Er roch nicht nach Alkohol, also redete er wohl einfach Blödsinn, weil er gerade extrem nervös war.

»Ich habe schon verstanden«, versicherte er. »Verrätst du mir, wie ich letzte Nacht ins Bett gekommen bin?«

Jeffrey lehnte sich gegen die Wand und fuhr sich durchs Haar. Er wirkte immer noch unsicher. Was musste er tun oder sagen, damit er sich beruhigte?

»Du bist beim Malen eingeschlafen und ich wollte dich nicht wecken. Also habe ich dich in dein Bett getragen und zugedeckt. Mit den Sachen ... aber es wäre komisch gewesen, wenn ich dich einfach ... also, ohne dein Einverständnis.«

Haydn räusperte sich und ein Funken Amüsement regte sich in ihm, als ihm bewusst wurde, dass Jeffrey immer noch redete, als wäre er hier in der Rolle seines Assistenten. Als würde er ihm beim Littlte-Sein assistieren.

»Ich wusste nicht, dass so etwas passieren kann, wenn sogar jemand neben mir sitzt«, räumte er ein. »Dann hätten wir solche Szenarien vorher durchgesprochen.« Die Vorstellung, dass er einfach so tief eingeschlafen war, dass Jeffrey ihn hatte aufheben und wegtragen können, war befremdlich. »Ich weiß so vieles nicht. Entschuldige, dass ich dich damit in eine unangenehme Lage gebracht habe.«

»Es ist mir nicht unangenehm, zu helfen. Ich möchte nur keine Fehler machen.«

»Das ist ehrenhaft, aber wir sind hier nicht im Gericht. Du musst keinen Paragrafen und Protokollen folgen. Ich hätte es auch überlebt, wenn du mich geweckt hättest.« Er neigte den Kopf. »Aber es war sehr rücksichtsvoll, mich schlafen zu lassen. Danke.« Das Lächeln, das er Jeff schenkte, flog sofort zu ihm zurück.

Dann deutete Haydn Richtung Badezimmer. »Ich gehe kurz duschen und mich umziehen, danach kannst du ins Bad und ich mache währenddessen Frühstück. Klingt das gut?«

Jeffrey nickte eifrig und lächelte immer noch selig, als Haydn sich von ihm abwandte und ins Badezimmer ging.

Jeffreys Gegenwart fühlte sich vollkommen anders an als die von Zacharias. Also auch bezogen auf die Zeit, als er und Zac noch eine intakte Beziehung geführt hatten. Vor ihm hatte er ebenfalls eine Maske getragen, ein Kostüm. Vielleicht nicht die Anwaltsverkleidung, aber irgendeine andere. Er hatte ihm nie alles von sich gezeigt, wäre nie auf die Idee gekommen, das zu tun.

Jetzt saß er mit Jeffrey am Tisch, der Geruch von Kaffee hüllte sie ein und der Geschmack von Pancakes begleitete den Tagesstart. Haydn hatte sich sogar getraut, seinen eigenen mit Zimt zu bestreuen und etwas Apfelmus darauf zu streichen – etwas, das er vor Zac nie getan hätte und auch vor sonst keinem Erwachsenen. Für ihn fiel das in die Kategorie 'Kinderkram' und das passte zu keinem seiner Kostüme.

Aber vor Jeff … vor Jeff hatte er damit aufgehört. Wenn er sich das bewusst machte, fühlte er sich wieder angreifbar und verletzlich, aber weil Jeff diese Dinge nie infrage stellte und auch nicht komisch schaute oder sich sonst irgendwie anmerken ließ, dass es nicht normal war, kam er damit zurecht und fing wieder an, sich sicher zu fühlen.

Jeffrey selbst aß seine Pancakes mit Beeren und etwas Ahornsirup und seinem Gesichtsausdruck nach schien er sie sehr zu genießen.

»Ich hab die so lange nicht mehr gegessen«, murmelte er, als er seinen Blick auffing. »Also solche Selbstgemachten.«

Haydn hob die Brauen. Bei ihm hatte es jedes Wochenende welche gegeben, als Kind, als Jugendlicher … und später als Erwachsener hatte er sie sich selbst zubereitet. »Mochten deine Eltern sie nicht?«

Jeff schüttelte den Kopf. »Meine Eltern schon. Aber meine Tante nicht. Bei ihr habe ich gelebt, seit ich vierzehn war.«

Haydn zögerte, entschloss sich dann aber doch, nachzufragen. »Was war mit deinen Eltern?«

»Sie kamen ums Leben. Eine Massenkarambolage. Es gab damals viele Schwerverletzte und einige Tote.«

Darauf brauchte Haydn einen Schluck Kaffee. Jeffrey hatte seine Eltern zu früh verloren und dann noch beide auf einen Schlag, wie es schien. »Das tut mir sehr leid.«

»Mir auch. Aber es ist lange her. Ich komme damit zurecht.«

Eine Weile noch musterte Haydn den Mann, der ihm gegenübersaß, bevor er seine Mahlzeit fortsetzte. »Ich kann dir öfter Pancakes machen«, sagte er leise.

Jeff lächelte. »Das würde mich sehr, sehr freuen.«

KAPITEL 16 – JEFFREY

DER SAMSTAGMORGEN MIT Haydn fühlte sich vertraut an. Als hätten sie schon viel öfter so Zeit miteinander verbracht. Während des Frühstücks vergaß er sogar für eine Weile, dass er sein Vorgesetzter war.

Einige der Dinge, die Haydn zu ihm sagte, hätten direkt aus seinen Träumen stammen können. Zum Beispiel, dass er öfter Pancakes für ihn machen wollte. Wie perfekt hörte sich das an? Wahrscheinlich sollte es nur tröstend klingen, aber zugleich schien es doch eine Einladung zu sein. Sie könnten sich öfter am Wochenende treffen.

Jeff wagte es nicht, unmittelbar nachzufragen, ob es so gemeint war oder nicht. Er wollte es sich gönnen, ein wenig davon zu fantasieren, bevor sich vielleicht herausstellte, dass es nur nett gemeint gewesen war, aber keine tiefere Bedeutung hatte. Dass nichts daraus folgen würde.

Ruhig nippte er an seinem Kaffee und versuchte, den Boden der Tatsachen unter den Füßen zu behalten. Er war nur hier, weil Haydn befürchtet hatte, dass sein unangenehmer Ex-Freund ihm hier auflauern könnte. Das war der einzige Grund.

Wenn Haydn erst das Schloss ausgetauscht hatte oder so, würde er sicher keine Begleitung mehr brauchen.

»Könntest du dir vorstellen, mich weiter zu unterstützen?« Fragend blickte Jeff von seiner Tasse auf.

»Falls du Zeit dafür hast. Ich würde diese Sache gerne weiter erkunden und deine Hilfe hat sich als sehr wertvoll herausgestellt. Es fiele mir leichter, wenn ich wüsste, dass jemand da ist, dem ich vertrauen kann und der sich damit auskennt.«

Na ja, 'Auskennen' war leichter übertrieben, aber das sprach Jeff nicht aus. Haydn fragte ihn mehr oder weniger, ob er seinen Aufpasser spielen würde, während er sich als Little auslebte. Das war ja schon beinahe so ähnlich, als würde er ihn als seinen Daddy akzeptieren. Na gut, es war immer noch weit davon entfernt, aber näher dran als je zuvor.

»Sicher, ich habe Zeit«, sagte er so entspannt wie möglich. »Nächstes Wochenende?«

Haydn setzte seine Tasse ab. »Da vielleicht auch, aber ich meinte eigentlich heute und morgen.«

Jeff hörte sein Herz schlagen und sah in Haydns helle Augen, die ihn freundlich und auch etwas hoffnungsvoll anblickten.

Wirkte es komisch, wenn er so spontan zusagte? Als hätte er nichts andere im Leben? Keine Freunde? Na ja, zumindest Letzteres stimmte ja irgendwie – er hatte niemanden hier in der Stadt, den er überzeugend hätte Freund nennen können.

Aber er wollte auch nicht pokern oder Spielchen spielen. Er wollte aufrichtig zu Haydn sein. »Ach so ... ja, gerne. Dann ... fahre ich nach dem Frühstück kurz nach Hause und komme irgendwann wieder? Wann soll ich wiederkommen?«

Er fühlte sich unbeholfen, aber Haydns Lächeln wischte einen großen Teil dieses negativen Gefühls beiseite. Langsam glaubte er wirklich, dass er eine Chance bei diesen Mann hatte.

»Zum Abendessen? Ich koche. Was isst du gern?«

Ein wenig überrumpelt, aber gleichzeitig mit einem glücklichen Kribbeln im Bauch erzählte er Haydn von seinen Lieblingsgerichten. Dann trank er seinen Kaffee aus und wenig später verließ er die Wohnung mit Schritten wie auf Wolken.

Den Tag investierte er in wachsende Nervosität, eine anständige Rasur und tausend unnütze Gedanken darüber, was er anziehen und wie er sich verhalten sollte. Es war alles Quatsch – erstens war das kein Date und zweitens hatte Haydn ihn doch bereits 'privat' erlebt. Trotzdem erwischte er sich alle zwanzig Minuten dabei, wie er sich im Spiegel betrachtete und nach Makeln suchte, oder über seinen Kiefer strich, auf der Suche nach übersehenen Stoppeln.

Zwischendurch überlegte er, ob er in die Stadt gehen, sich unter die Leute mischen sollte. Sich Freunde zulegen. Den Gedanken verwarf er aber schnell wieder. Schwule Männer wollten meistens nur Sex von ihm, Hetero-Männer gingen meistens auf Distanz, wenn sie drauf kamen, dass er schwul war, und Frauen ... Frauen mied er, so gut er konnte. Eine gute Freundin gehabt hatte er zuletzt mit vierzehn. Das war, bevor seine Tante sich ihm aufgedrängt hatte. Seitdem stieg sein Puls schon an, wenn er lackierte Nägel sah. Dabei war ihm ja bewusst, dass nicht alle Frauen so waren ... aber sein Kopf spielte da nicht mit. Er war ja schon froh, dass es auf der Arbeit funktionierte. Aber da waren auch meistens andere Leute dabei. Vielleicht würde er nie wieder zu zweit irgendwo mit einer Frau allein sein.

Letztendlich fuhr er zwar los, kaufte aber nur ein paar Lebensmittel und kehrte dann wieder in seine Wohnung zurück

Seine Gedanken kreisten um den Abend mit Haydn wie Journalisten um die Familie eines Opfers in einem Mordprozess. Er konnte nicht aufhören, an ihm zu denken und es war weit schlimmer als in den vielen Wochen zuvor, als er ihn nur aus der Ferne beobachtet hatte.

Er musste sich jemandem mitteilen. Also nahm er sein Handy und schrieb eine Nachricht an Eddy, seinen Cousin. Sie hatten schon wieder eine Weile nichts mehr voneinander gehört, meldeten sich meist nur beieinander, wenn bestimmte Feiertage anstanden oder wichtige Lebensereignisse sich anbahnten. Nun, das hier war ein wichtiges Lebensereignis, das sich anbahnte.

Ich habe so was wie ein Date, schrieb er und fühlte sich sofort zehn Jahre jünger. Eddy war derjenige gewesen, dem er die meisten seiner Teenager-Gedanken damals mitgeteilt hatte. Sie waren so etwas wie Brüder geworden, als sie unter einem Dach gelebt hatten. Die Erinnerung an Serienabende und gemeinsam durchgespielte Videospiele zuckte durch seinen Kopf.

Gibt es dafür Beweise, oder ist das nur eine Behauptung?

Jeff schnaubte belustigt. Seit er die Stelle in der Kanzlei innehatte, machte Eddy Anwaltswitze, obwohl er doch nur ein Assistent war und gar keine Ambitionen hatte, mehr daraus zu machen.

Wenn du mich an ein EKG anschließen würdest, hättest du den Beweis. Ich bin so aufgeregt wie beim ersten Sprung vom Zehner.

Na, den hast du ja damals auch überlebt. Auch wenn du danach tagelang gehumpelt bist :D Darüber konnten sie heute lachen ... damals hatte er sich echt Sorgen gemacht, ob nicht doch etwas gebrochen sei. Allerdings hatte er sich nicht getraut, seiner Tante von der Aktion zu erzählen, weil er Angst vor einem Hausarrest gehabt hatte. So hatte er die Zähne zusammengebissen und es ausgestanden.

Und wie ist der Typ so drauf? Hast du ihn in einem Club kennengelernt oder bei der Arbeit?

Bei der Arbeit und er ist sehr ... vorgesetzt drauf.

Es dauerte einen Moment, dann kam eine Horde Lach-Emojis als Antwort. *Es ist aber nicht dein Chef, oder? Du verarschst mich. Es ist mein Chef. Ich lebe in einer romantischen Komödie. Oder in einem Porno. Dafür fehlt aber bisher die Action.*

Zum Glück würde Haydn diesen Dialog ja niemals zu Gesicht bekommen.

Lass es lieber langsam angehen, bevor er dich wegen Geschwindigkeitsübertretung verklagt.

Okay, der war wirklich weit hergeholt, konterte Jeff.

Ich will ja nur sagen, dass ihr das in eurem Tempo machen sollt. Ist doch gut, wenn es langsam geht? Das bedeutet vielleicht, dass er es ernst meint.

Eddy war hetero, wusste aber durch seine Erzählungen, dass viele seiner Männerkontakte in der Vergangenheit sofort auf Sex hinausgelaufen waren. Jeff erinnerte sich daran, dass er seinem Cousin in einem besonders frustrierten Moment mal geschrieben hatte, dass er glaubte, Sex sei die Standardkommunikationsform der meisten schwulen Männer. Am nächsten Tag hatte er das zwar gleich wieder relativiert, aber die Worte waren bei ihm wohl hängengeblieben.

Wahrscheinlich war dieser Frust mit der Kollision von Kleinstadtleben und Großstadtleben zu begründen. Jeff hatte einfach nicht damit gerechnet, dass er in so kurzer Zeit so viele oberflächliche Begegnungen haben würde. Und anfangs hatte ihm das ja auch Spaß gemacht, aber dann hatte er sich nach mehr gesehnt und es erst mal nicht bekommen.

Er ist einfach nicht der Typ Mann, der sofort mit jemandem ins Bett geht. Ich finde das gut, meine Ungeduld kommt sicher daher, dass ich mir schon seit Monaten Gedanken über ihn mache, während er mich gerade erst bemerkt hat.

Du hast einen Vorsprung, fasste Eddy zusammen. *Meine Daumen sind gedrückt, dass ihr euch auf eurem Date aneinander angleichen könnt. Viel Erfolg für das Date und viel Spaß.*

Jeff bedankte sich und schloss die App. Dann stieß er einen Seufzer aus. Natürlich träumte er von Sex mit Haydn, aber er wollte auf keinen Fall zu schnell zu weit gehen. Gerade mit der Little-Thematik im Hintergrund. Er würde weiterhin vorsichtig sein und keine zu großen Erwartungen hegen. Einige der wichtigsten Qualitäten eines guten Daddys waren Geduld und Einfühlungsvermögen und die würde er unter Beweis stellen, auch ohne, dass Haydn ihn auf direktem Wege darum bat, diese Rolle für ihn einzunehmen.

Er würde ihm zur Seite stehen und auf ihn aufpassen, so wie er es sich gewünscht hatte. Ein warmer, angenehmer Schauer lief über seinen Rücken. Er freute sich so sehr auf diesen Abend.

KAPITEL 17 – HAYDN

D ER DUFT VON frisch geschnittenen Möhren lag in der
Luft, als Haydn die Küche verließ. Da er gerne gut vorbereitet war, hatte er die Schnibbelei bereits am Nachmittag erledigt und konnte jetzt entspannt seinem Treffen mit Jeffrey
entgegensehen. Mit dem Zubereiten des Essens würde er erst
kurz vor dem verabredeten Termin beginnen, damit er die
Mahlzeit heiß servieren konnte.

Nun waren aber noch gute zwei Stunden Zeit und er konnte
trotzdem nur daran denken. Einer spontanen Eingebung
folgend nahm er den Beutel vom Garderobenhaken und ging
damit ins Wohnzimmer. Dort zog er das Plüschtier heraus, das
Jeff in dieser einen Nacht für ihn gekauft hatte. Seine Finger
liebten die weiche Oberfläche sofort. Das kuschelige Fell, den
sanften Widerstand der Füllwatte. Und ja, ihm gefiel auch das
süße Aussehen des Bären, obwohl er das nicht zugegeben hätte,
wenn jemand fragte.

Etwas in ihm fühlte sich von diesem Gegenstand angesprochen und inzwischen war er zumindest mutig genug, um sich
das selbst einzugestehen, statt es zu verdrängen.

Immerhin war der Drang, jetzt gerade damit zu spielen, eher
niedrig. Vielleicht, weil er sich gestern Abend ausgetobt hatte.

In Zukunft würde er regelmäßig solche Zeiten für sich einplanen, um ausgeglichen zu bleiben. So klar wie heute Morgen hatte sich sein Kopf schon lange nicht mehr angefühlt – aber genau so wollte er sein, wenn er die Arbeit aufnahm. Das wollte er für sich selbst, für seine Kollegen und für seine Mandanten.

Und gleichzeitig durfte keiner von ihnen wissen, dass ihr Anwalt gerne mit Kinderspielzeug spielte. Niemand durfte das wissen. Er stieß einen Seufzer aus. Niemand abgesehen von Jeffrey.

Haydn setzte den Teddybären in eine Ecke des Sofas, stand auf und ging zu dem großen Spiegel im Flur. Wenn er sowieso nur in Gedanken auf Jeffrey wartete, konnte er sich auch schon anziehen.

Die Tür des großen Kleiderschrankes in seinem Schlafzimmer dröhnte beim Öffnen. Der Schrank war schon mehr oder weniger antik und Haydn hatte ihn nicht wegen des großen Stauraums gekauft, sondern weil ihm die Verzierungen im Holz so gut gefallen hatten. Sie befanden sich nur in den Ecken der Türen und waren filigran gearbeitet. Sie stellten Blüten, fliegende Blätter und Vögel dar – Haydn stand abends manchmal minutenlang an seinem Schrank und fuhr mit den Fingern über die Oberfläche, weil ihm irgendetwas daran gefiel. Vielleicht hatte das auch mit seinem Little-Sein zu tun.

Haydn besaß jede Menge Hemden und ungefähr genauso viele Krawatten. Eine von denen würde er heute Abend eher nicht tragen, das würde ihrem Treffen eine zu schwere, zu offizielle Note geben. Er wollte lieber Lockerheit spüren.

Also nur ein Hemd. Die meisten, die sich hier in ordentlich zusammengelegten Stapeln türmten, waren in verschiedenen Weiß-, Grau- und Blautönen gehalten. Der überwiegende Teil war sehr hell, weil er als Anwalt Optimismus ausstrahlen wollte.

Weiß, Grau oder seriöses Blau wollte er heute aber nicht anziehen.

Wenn er schon einmal die Gelegenheit hatte, etwas anderes zu tragen, dann sollte er sie auch nutzen. Also schob er den seriösen Hemdstapel mit dem Unterarm beiseite und zog einen anderen, etwas kleineren hervor, der sonst im hintersten Winkel seines Schrankes sein Dasein fristete.

Auf diesem Stapel lagen gemusterte Hemden in verschiedenen Farben. Eines war vanillegelb mit einem noch etwas helleren Wolkenmuster – unmöglich für einen Anwalt, aber es hatte ihm im Laden so gut gefallen, dass er es gekauft hatte. Die anderen hatte er alle online erstanden. Eins davon war rosa, eines knallig violett. Ein anderes strahlte in einem hübschen Türkis und war mit einem kleinen Sternenmuster verziert. Das war von diesen hier wohl noch das am wenigsten Verspielte. Er zog es heraus und hielt es sich an.

Bisher hatte er diese Sachen nur allein zu Hause getragen. Dieses Mal würde ihn jemand damit sehen. Haydn legte das T-Shirt ab, in dem er die Hausarbeiten erledigt hatte, und schlüpfte in das türkise Kleidungsstück. Während er die Knöpfe schloss, betrachtete er sich im Spiegel. Die Farbe hob seine blauen Augen gut hervor, fand er. Das würde Jeffrey hoffentlich gefallen.

Jeffrey gefallen.

Da war noch eine Sache, die er sich eingestehen musste: Er fand seinen Assistenten nicht nur interessant, weil er sein einziger Verbündeter in dieser Angelegenheit war: Er hatte längst angefangen, ihn darüber hinaus zu schätzen und zu mögen.

Er glättete den Stoff auf seiner Haut und schob im Schrank alles wieder an seinen richtigen Platz. Dann machte er sein Bett – das hatte er heute Morgen vergessen.

Eine Weile konnte er sich mit dem Fernsehprogramm ablenken, bis er schließlich zu der Erkenntnis kam, dass er auch schon den Tisch decken konnte. Die Zeit verging quälend langsam, doch dann klingelte es endlich.

Jeffreys Hemd sah deutlich seriöser aus als seines, aber Haydn versuchte, sich davon nicht beunruhigen zu lassen, auch wenn immer wieder die Frage durch seinen Kopf kreiste, ob er sich mit seiner Auswahl gerade blamierte.

Er servierte das Essen, und während er Jeffrey eine Portion gedämpftes Gemüse auf den Teller legte, fiel ihm auf, dass der Mann alles andere ansah, aber sicher nicht sein Hemd. Sein Blick widmete sich natürlich dem Essen, aber ebenso seinen Händen und als sie beide saßen und die Mahlzeit begannen, spürte er ihn auch immer wieder auf seinem Gesicht.

Haydn beruhigte sich, fand seine Selbstsicherheit wieder und nahm mit einem Lächeln die Lobpreisungen für sein Essen entgegen. Er hatte schon immer gern gekocht.

»Das war mein Plan B, wenn es mit dem Jurastudium nicht klappt«, erzählte er. »Dann wäre ich bei irgendeinem Sternekoch in die Lehre gegangen. Das hatte ich mir fest vorgenommen. Auch wenn ich nicht konkret hätte sagen können, wie genau ich so einen Sternekoch von mir hätte überzeugen sollen.«

Jeffrey schmunzelte. »Immerhin war das im Kern dennoch ein halbwegs realistischer Plan. Mein erster Berufswunsch war Puppenkleiderverkäufer. Ich kann mich zwar selbst nicht daran erinnern, das gesagt zu haben, aber meine Mum hat die Geschichte immer wieder erzählt. Ich weiß nur noch, dass ich echt gerne Puppen an und ausgezogen habe.«

Haydn lachte. »Na ja, du hättest Menschenkleiderverkäufer werden können. Oder vielleicht schlummert ein Designer in dir? Hast du mal Ambitionen in der Richtung gehabt?«

»Nein, absolut nicht. Ich kann nicht zeichnen und besonders kreativ bin ich auch nicht. Das einzige, was ich gut kann, ist es, anderen zu helfen und zu assistieren. Von daher bin ich wohl genau da, wo ich sein sollte.«

»Hältst du das für eine geringe Leistung? Anderen zu helfen?«

Jeff zuckte mit den Schultern. »Wenn man gemein sein möchte, könnte man sagen, dass ich nie selbst etwas auf die Beine stelle, sondern nur andere dabei unterstütze. Andere, die etwas erreichen.«

»Hm, aber wer so argumentiert, um dich kleinzumachen, der vergisst, dass es kaum große Errungenschaften oder Leistungen ohne Helfer und Assistenten geben würde. Man kann nicht alles allein schaffen. Es ist ein Zusammenspiel von vielen Menschen, die einen Beitrag leisten. Oder würdest du sagen, dass bei einer Verhandlung nur die Leistung des Richters zählt?« Haydn gestikulierte mit der Gabel. »Da sind abgesehen von den Anwälten noch jede Menge andere Leute, die ihre Arbeit machen. Protokollanten, Gerichtsdiener, Wachleute, und so weiter. Alle spielen ihre Rolle. Und wenn sie das machen, dann bemerkt man sie oft nicht ... aber wenn sie fehlen würden – das würde auffallen.«

Dass Haydn sich so ereiferte, lag daran, dass er in seiner Laufbahn schon öfter an Leute geraten war, die die Assistenten wirklich klein redeten. Die sie mit Geringschätzung betrachteten und sich teilweise auch darüber lustig machten, dass sie angeblich alle beim Jurastudium gescheitert waren und deswegen nur aushelfen konnten. Was für ein Bullshit.

»Danke«, sagte Jeffrey. »Ich würde auch nichts anderes machen wollen. Es erfüllt mich, andere zu unterstützen.«

Haydn nickte und zu dem zufriedenen Gefühl darüber, dass Jeffrey glücklich mit seiner Arbeit war, gesellte sich eine Stimme, die ihm sagte, dass er das auf keinen Fall zerstören durfte, indem er ihrer beruflichen Beziehung Schaden zufügte.

Es war unvernünftig, mit Jeffrey auf so eine private Ebene zu gehen ... aber gleichzeitig hatte er niemand anderen und Jeffrey schien es ebenfalls riskieren zu wollen. Falls etwas schiefging – waren sie dann beide professionell und reif genug, um zum Status Quo zurückzukehren? Wenn er Jeffrey so ansah, dann hatte er Hoffnung, dass die Antwort *Ja* lautete.

KAPITEL 18 – JEFFREY

ER FÜHLTE SICH einfach wohl mit diesem Mann. Er redete gerne mit ihm, er hörte ihm gerne zu, er sah ihn gerne an. Und er wollte es ihm sagen.

»Das Hemd steht dir gut.« Das drückte nicht im Ansatz aus, was er gerade dachte, aber es war vorsichtig genug. Jeff konnte nicht riskieren, zu weit zu gehen.

Haydn zögerte, wirkte aufrichtig überrascht. »Danke.« Als nichts weiter kam, war Jeff froh, dass er sich nicht noch weiter vorgewagt hatte. Anscheinend war seinem Gegenüber das Kompliment unangenehm.

Er konzentrierte sich wieder aufs Essen, aber der Teller war schnell leer. Kein Wunder bei so einer leckeren Mahlzeit. Allein dafür hatte es sich schon gelohnt, herzukommen. Aber das Hauptspektakel des Abends wartete ja noch auf sie. Nur würde er es Haydn überlassen, damit anzufangen.

Bis dahin wollte er die Zeit nutzen, ihn abseits der Little-Sache besser kennenzulernen.

»Wie wirst du den Weihnachtsabend verbringen?«, fragte er beim Abräumen des Geschirrs. »Besuchst du deine Eltern?«

Haydn lächelte. »Nein, dieses Jahr haben die beiden verkündet, dass sie auf einen Pärchenurlaub fahren. Keine Besucher. Also werde ich wahrscheinlich die Einladung eines der älteren Partner annehmen, je nachdem, wer mich zuerst fragt.«

Jeffrey nickte. Das war sicher die beste Ausweichmöglichkeit. Die Verbindung zu den anderen beiden Anwälten zu stärken war wichtig für Haydns Karriere.

»Und du?«

Er hätte sich vielleicht eine Antwort zurechtlegen sollen, bevor er selbst fragte – das wurde ihm jetzt klar. Denn die Wahrheit klang doch irgendwie bemitleidenswert.

»Ich weiß es noch nicht. Entweder sehe ich mir Filme an oder gehe in einen der Clubs tanzen.« Option zwei fügte er nur hinzu, damit es nicht ganz so einsam klang.

»Wie sind die Clubs so? Ich gehöre überhaupt nicht zu den Leuten, die das Nachtleben auskosten.«

Sie ließen sich auf dem Sofa nieder. »Sie sind laut und das Klientel ist ziemlich touchy. An den Arsch gefasst zu werden gehört zum guten Ton. Zumindest in denen, in denen ich bisher war.«

»Klingt sehr weihnachtlich.«

Jeff schmunzelte. »Sagen wir: Es werden in der Nacht sicher viele Geschenke ausgepackt.«

Damit brachte er Haydn zum Lachen – herzhaft und offen – und das fühlte sich wirklich wie ein Geschenk an. Er wollte das unbedingt noch viel öfter hören.

Als er seinen Blick mit Mühe wieder von Haydn ablenkte, fiel ihm auf, dass ein Einkaufsbeutel auf dem Sessel neben ihnen lag. Am Farbton der Tüte erkannte er, dass es diejenige war, in dem er das Spielzeug transportiert hatte. Dann bemerkte der den Teddybär, der in Haydns Sofaecke saß. Er musste ihn vorhin ausgepackt haben, denn heute früh war der noch nicht dort gewesen.

»Was sagst du zu meinen Einkäufen?«, fragte er. Das wurmte ihn ja schon die ganze Zeit und jetzt schien der geeignete Moment zu sein, um eine Antwort zu bekommen.

Haydn wirkte, als müsse er sich die Worte genau überlegen. »Sie sind interessant.« Jeff schluckte. Das konnte alles bedeuten. *Interessant* war seiner Erfahrung nach ein Adjektiv, das man benutzte, wenn man mit irgendetwas unzufrieden war.

»Ich kann die Sachen mitnehmen, die dir nicht zusagen. Du musst sie natürlich nicht bezahlen.«

Haydn schüttelte den Kopf. »Danke, dass du mich an das Geld erinnerst. Ich habe dir noch gar nichts dafür gegeben.«

»Musst du auch nicht«, sagte Jeffrey schnell. »Wenn du sie magst, sind sie geschenkt.«

Haydn runzelte die Stirn. »Wenn du an dem Abend losgegangen wärst, um mir Medizin zu kaufen – hättest du sie mir dann auch geschenkt?«

»Ähm... ich weiß nicht. Betrachtest du die Sachen als Medizin?«

Schulterzucken. »Das sind sie gewissermaßen, oder? Ich musste mich ihrer bedienen, damit es mir besser geht.«

»Na ja, wenn man es so sieht, dann sind Nahrungsmittel und warme Kleidung auch Medikamente, oder? Es geht uns besser, wenn wir sie benutzen.«

Dass Haydn seine Little-Seite anscheinend wie eine Art Krankheit betrachtete, schockierte ihn. »Du bist nicht krank«, sagte er deswegen, bevor Haydn etwas erwidern konnte »Ich hoffe, das weißt du.«

Zu seiner Erleichterung nickte sein Gegenüber. »Es fällt mir noch schwer, damit klarzukommen.« Er seufzte. »Es drückt mir so ein Bild auf, weißt du. Einen Stempel. Es bringt mich durcheinander. Mein Selbstbild.«

Er rückte etwas näher zu Haydn heran und legte locker einen Arm um ihn, um seinen Beistand zu zeigen. »Das kann ich nachvollziehen. In meinen Augen drückt es dir aber keinen Stempel auf, sondern ... vervollständigt das Bild eines Mannes, der eben mehr ist als bloß der Anwalt. Es ist nur eine Linie oder eine Farbe in einem großen Ganzen. Kein Mensch ist doch nur eine einzige Seite von sich.«

»Aber es gibt Seiten, die eine Gesellschaft nicht akzeptiert. Die Seite, auf der du ein Mörder oder Steuerbetrüger bist zum Beispiel.«

Jeff schnaubte leise. »Du solltest dringend damit aufhören, dein Little-Sein mit Dingen wie Verbrechen und Krankheiten zu vergleichen.« Um Haydn zu trösten, wagte er sich einen Schritt weiter vor. »Für mich persönlich ... ich bevorzuge Männer, die eine Little-Seite haben. Und das wusste ich auch nicht, bevor ich durch meinen Ex die Gelegenheit hatte, es herauszufinden.« Er schluckte. »Deswegen ... es kommt immer darauf an, wen du fragst. Natürlich musst du deswegen nicht auf der Arbeit alles offenlegen. Aber ich hoffe, du kannst dich selbst als Menschen annehmen, mit allem, was in dir ist und was du noch entdeckst.«

Er hätte es verstanden, wenn Haydn ihn jetzt von sich geschoben hätte, weil er sich zu viel herausnahm ... oder weil diese Ansprache klang, als würde er einem Jugendlichen die Welt erklären.

Aber statt Händen, die ihn wegschoben, war da eine Hand, die sanft sein Kinn ergriff und ihn dazu brachte, in die blauen Augen zu sehen, die direkt vor ihm waren. Sein Herz setzte einen Schlag aus, so als würde tatsächlich die Zeit stehenbleiben. Haydn war so nahe. Er roch nach dem Wein, den sie vorhin zum Essen getrunken hatten, fruchtig, verführerisch, und seine Lippen waren einen winzigen Hauch geöffnet.

In Jeffs Kopf explodierte ein ganzes Feuerwerk aus Fantasien und Erinnerungen. Wie oft hatte er sich vorgestellt, seinen Chef zu küssen? Diesen gut aussehenden, klugen, erfolgreichen Mann.

Als er Haydns warmen Atem auf seinem Gesicht spürte, wurde ihm bewusst, dass die Zeit sehr wohl weiterlief, und dass er gerade im Begriff war, seine Chance zu vertun.

Jeff lehnte sich nach vorn und küsste Haydn. Küsste ihn einfach. Als sei das nicht vollkommen verrückt. Warme Lippen bewegten sich gegen seine, süß wie der Wein. Er kostete sie, wandte sich Haydn so weit zu, wie es auf dem Sofa eben möglich war. Die Hand ließ sein Kinn los und kitzelnde Finger fanden ihren Weg nach hinten in seinen Nacken. Näher, sagte die Geste. Tiefer, sagte der Kuss.

Er schob die Zunge in Haydns Mund. Viel mutiger als in all seinen Tagträumen. Gott, er wollte ihn und das lag jetzt so offen, dass nichts mehr zu retten wäre, wenn Haydn einen Rückzieher machte.

Zum Glück war davon nichts zu spüren. Haydn küsste ihn mit derselben Inbrunst zurück. Während sie so ineinander vertieft waren, ließ er sich sogar zurücksinken und zog ihn auf sich. Alles in Jeff kribbelte, als er den Körper unter sich so deutlich wahrnahm. Das hier war schon so viel mehr, als er je zu hoffen gewagt hatte. Und trotzdem wollte er, jetzt, da er hier angekommen war, am liebsten noch mehr.

KAPITEL 19 – HAYDN

NEIN, JEFFREY HATTE keine Angst vor ihm. Er musste ihn nicht erst bitten oder dazu auffordern, ihm näherzukommen. Er war hungrig. Sie waren es beide. Und da, wo Haydn geglaubt hatte, dass er so schnell mit keinem Mann mehr intim werden konnte, war jetzt mit Jeffrey so viel Vertrauen, dass es auf einmal doch ging.

Seine Worte waren so aufrichtig und naiv-perfekt gewesen, dass er nicht anders gekonnt hatte. Er war wahrscheinlich der erste Mensch, der ihn komplett *sah*. Seine private Seite, seine berufliche Seite und diese neue, intime, versteckte Seite. Er sah alles und er konnte es miteinander in Einklang bringen. Sogar noch vor ihm selbst. Weil er freundlich und wohlwollend auf ihn blickte. Das musste er sich dringend von ihm abschauen.

Jetzt wollte er diesen Mann ganz nahe bei sich haben. Ihn festhalten, bevor er ihm verlorenging. Sein Gewicht fühlte sich gut an und sein Aftershave schmiegte sich in seine Nase. Er mochte diesen leicht holzigen Geruch, ohne sagen zu können, welcher klangvolle Baum das war, der seine Rinde dafür gegeben hatte.

Aber da war noch mehr. Da war Erwartung, eine gute Portion Gier und in seinem Blick ... Unglaube. Haydns Mundwinkel hoben sich ganz leicht, als sie zwischen den langen Küssen nur schauten und atmeten und gemeinsam in diesem wohligwarmen Gefühl von Eroberung und Neugier trieben.

Jeff erwiderte das kleine Lächeln und dann ging es weiter. Lippen berührten seinen Kiefer, seinen Hals. Eine Zungenspitze tanzte über seine Ohrmuschel und kitzelte die Stelle hinter seinem Ohrläppchen.

Finger, die sonst vor allem Akten umblätterten, öffneten die Knöpfe seines Hemdes, einen nach dem anderen und schufen damit eine weitere Bahn für Jeffreys Küsse. Er schob den Stoff vorsichtig beiseite, als hielte der das Hemd für kostbar, und dann senkten sich seine Lippen auf Haydns Brust, die sich unter aufgeregten Atemzügen hob und senkte.

»Ich wusste es«, raunte Jeffrey und fuhr geradezu ehrfürchtig die Konturen seiner Muskeln nach. »Ich wusste, dass du so was unter dem Stoff versteckst.«

»So was?«

»Muskeln.« Er leckte eine Bahn zu seinem rechten Nippel und biss zärtlich hinein. Den anderen knetete er mit der linken Hand.

Haydn entkam ein leises Stöhnen. Dort war er empfindlich und Jeff geizte nicht mit seinen Liebkosungen. Er schien schnell zu merken, was Sache war. War wohl auch nicht schwer, denn Haydn wand sich jetzt schon unter ihm.

Jeff ließ eine Hand tiefer wandern und rieb über seinen Schritt, wo sich langsam die Hitze aufbaute. Auch durch die zwei Lagen Stoff musste Jeffrey deutlich spüren können, dass er hart wurde.

»Ich kann nicht glauben, dass das echt ist«, sagte Jeffrey leise gegen seine Brust. Sein Atem streifte kühl seine nasse Brustwarze.

»Keine Sorge, alles, was du da fühlst, ist echt.«

Jeff lachte. Noch mehr kühler Atem. »Daran zweifle ich nicht. Aber ich habe mir das hier in meinen kühnsten Träumen ... nein, ich lüge dich an. Ich *habe* davon geträumt, aber nicht ernsthaft damit gerechnet, dass es passieren könnte.«

»Dann bist du besser darauf vorbereitet als ich.«

Sie küssten sich wieder und Haydn rieb sich genüsslich an der warmen, großen Hand in seinem Schoß. Es war perfekt. Bis auf die kleine Stimme in seinem Hinterkopf, die immer lauter wurde, je weiter sie beide kamen.

Denn es war auch mit Zac gut gewesen, bis sie einen gewissen Punkt erreicht hatten, und dann ...

Ihre Lippen trennten sich. »Bist du ... aktiv oder passiv?«

»Was du möchtest«, raunte Jeffrey und Haydn konnte nur den Kopf schütteln. Er konnte unmöglich so viel Glück haben. Jeff schien seine Geste als Zweifel an seiner Aussage aufzufassen, denn er sprach weiter. »In mir schlummert ein Top, der zu selten die Gelegenheit bekommt ... aber ich lasse mich auch gerne von dir ficken.«

Seine Worte legten einen Schalter um.

Zu wissen, dass Jeffrey tatsächlich beides mochte, schenkte ihm eine so große Erleichterung, dass er leise seufzte und sich noch tiefer in die aufbrandende Hitze sinken ließ. Dieser Mann war so perfekt für ihn, als hätte ihn jemand nach seinen Vorstellungen geformt und zu ihm geschickt. Er glaubte ja nicht an Götter oder so etwas, aber gerade war er dem Schicksal unendlich dankbar dafür.

»Komm her«, sagte er und zog ihn zu einem weiteren Kuss heran. Gemeinsam suhlten sie sich in ihrer Lust, genossen die schweren Atemzüge und die kribbelnde Erwartung, die sie erfüllte. Jeffrey hörte auf, ihn durch die Hose zu streicheln, und rieb sich stattdessen mit seiner Härte an ihm. Es war eine sinnliche Folter, der sie beide zustimmten.

Keiner schien zu wollen, dass es vorbeiging. Aber irgendwann siegte die Neugier. Haydn packte Jeff bei der Hüfte und zog ihn weiter nach oben, sodass der die Knie bis unter seine Achseln schob. Dann knöpfte er seine Hose auf und befreite ihn vom störenden Stoff.

Ein hübscher Schwanz reckte sich ihm entgegen. Fast ganz gerade, schön geformt und beschnitten. Haydn strich mit den Fingern über den Schaft, fuhr die Linien der sichtbaren Adern nach und hob dann den Kopf so weit, wie es nötig war.

Heiß und samtig glitt die geschwollene Spitze in seinen Mund. Von oben kam ein leises Keuchen und Haydn spürte, wie Jeff die Beine anspannte. Unbeirrt schloss er die Lippen um seine Eichel und rieb seine Zunge dagegen. Er konnte spüren, dass sein Gegenüber sich an seine Beherrschung krallte, doch ein Teil von ihm hätte es lieber gehabt, wenn er das Becken ein wenig bewegt hätte.

Obszöne, schmatzende Geräusche erklangen, als er den Kopf vor und zurück schob, um Jeffrey noch mehr zu reizen. Sein Stöhnen sandte warme Schauer über seinen Rücken. Sanfte Hände legten sich an sein Gesicht, nicht um ihm bestimmte Bewegungen oder ein schnelleres Tempo aufzuzwingen, sie schienen ihn nur berühren zu wollen.

Als Haydn einen kurzen Blick nach oben warf, sah er, wie Jeff die Augen geschlossen hatte und sein Gesicht förmlich bebte. War das frische Feuchtigkeit auf seinen Wangen?

Langsam löste er sich von ihm. »Stimmt etwas nicht?«, fragte er mit einem rauen Räuspern nach. »Du siehst beinahe unglücklich aus.«

»Ich...« Jeff riss die Augen auf und wischte sich fahrig mit einer Hand darüber, was Haydns Verdacht noch verstärkte. Als ihre Blicke sich trafen, lachte er beschämt und schüttelte den Kopf.

»Das ist ... ich bin nur so überwältigt«, gab er zu und rückte ein Stück von ihm ab, damit sie sich leichter ins Gesicht schauen konnten. »Du warst so absolut unerreichbar für mich, ich hätte nie gedacht, dass du mich auch nur anfassen würdest ... und jetzt ...«

»Und jetzt lutsche ich deinen Schwanz. Ich verstehe. Aber ich bin nur ein Mann.« Er schmunzelte. Dass Jeffrey ihn auf ein derartiges Podest gestellt hatte, war ihm nicht bewusst gewesen. Irgendwie schmeichelte es ihm ja, aber gleichzeitig wollte er auch, dass Jeff sich nicht so klein machte.

Sie küssten sich wieder. »Wie wird es dir erst gehen, wenn du mich ficken darfst?«, fragte er und merkte, dass es ihm Spaß bereitete, Jeffrey mit direkten Worten herauszufordern. »Ich möchte nicht, dass du dabei weinst.«

Jeff lachte und stand vom Sofa auf. Er zog sich die Hose aus und hielt Haydn die Hand hin. Offenbar wollte er es lieber woanders machen. »Finden wir es heraus?«

KAPITEL 20 – JEFFREY

SIE ZOGEN IN Haydns Schlafzimmer um. Auch wenn das Sofa recht groß und nicht unbequem war, wollte er lieber ein richtiges Bett unter ihnen haben ... Mit Haydn zu schlafen war zu besonders für ihn, um es auf einem Sofa zu machen.

Die Atmosphäre hier war gleich eine andere. Hier wirkte alles ruhiger und intimer. Sie blieben neben dem Bett stehen und küssten sich, Jeffrey schon ganz nackt, Haydn noch beinahe ganz bekleidet.

Langsam strich er ihm das Hemd von den Schultern, ließ es aber nicht auf den Boden gleiten, sondern hielt es fest und warf es ans Ende des Bettes. Der Stoff war zu schön und zu edel, um auf dem Fußboden zu liegen, auch wenn es hier sehr sauber war.

Dann öffnete er Haydns Gürtel und die Hose, ging vor ihm ihn die Hocke, während er sie ihm auszog. Als Nächstes wich die Unterwäsche. Jeff musterte Haydns intimsten Teil. Er war gut ausgestattet und Jeff lehnte sich nur zu gerne vor, um sein Gesicht an ihn zu schmiegen. Tief atmete er Haydns Duft ein, ehe er die Hand um seinen Schaft legte, und den Mund für ihn öffnete. Er schloss die Augen, genoss das Gewicht auf seiner

107

Zunge und wie ausgefüllt sich seine Mundhöhle anfühlte, fing an, ihn zu reizen und mit ihm zu spielen.

Die Atemzüge, die von oben kamen, wurden lauter und schwerer und bereits jetzt schmeckte er salzige Tropfen. Dieser Mann war wirklich mehr als bereit. Jeff legte die Hände an Haydns Hüften und schob ihn aufs Bett, folgte ihm dabei so geschickt, dass er ihn nicht aus seinem Mund entlassen musste. Dann, als er merkte, dass er wirklich auf der Grenze tanzte, ließ er von ihm ab und betrachtete das Bild, das sich ihm bot.

Haydn lag nackt vor ihm auf dem Bett, sein Schwanz feucht glänzend vom Speichel, die Beine aufgestellt und gespreizt. Es raubte ihm den Atem, seinen Chef so zu sehen.

Ihm wurde noch heißer. Er beugte sich wieder vor und ließ seine Zunge weiter nach unten tanzen. Haydns Muskelring zuckte spürbar, als er ihn dort berührte und er hörte ihn scharf den Atem einziehen.

»Ich habe Gleitgel in der Schublade. Du musst nicht...«

Jeff stand auf und sah ihn an. Zum ersten Mal entdeckte er Röte auf seinen Wangen. Dieser Abend steckte voller unglaublicher Bilder.

»Du hast Recht, ich sollte mir noch ein paar Dinge fürs nächste Mal aufheben«, sagte er selbstbewusster, als er sich fühlte. Wer wusste schon, ob es ein nächstes Mal geben würde? Er war bereit, Haydn alles zu zeigen, was er konnte, aber er wollte auch nicht weiter gehen, als angenehm für ihn war. Obwohl es die meisten liebten, wenn man ihr Loch leckte, war es für viele doch auch mit starker Scham behaftet.

Jeff wandte sich zur Seite und holte die Tube aus der Schublade. Auch Kondome lagen dort. Er legte eins neben sich auf die Matratze.

Dann befeuchtete er zwei Finger und schmierte Haydns Eingang großzügig damit ein. Er wollte auf keinen Fall, dass es ihm wehtat und er hatte keine Ahnung, wie lange das letzte Mal her war.

Sobald er fertig war, rollte er sich das Kondom über den Schwanz.

Das Schweigen zwischen ihnen zeugte von Anspannung und Jeff beugte sich über Haydn, ohne in ihn einzudringen. Er wollte ihn nur ansehen. Ihre Körper berührten sich überall. Schon das war ein wahnsinnig gutes Gefühl.

»Was ist?«, fragte Haydn mit einem tiefen Stirnrunzeln.

Jeff hob die Brauen. »Nichts, ich wollte nur ...«

»Du hast gesagt, du willst aktiv sein«, unterbrach Haydn ihn. Seine Stimme klang auf einmal anklagend, fast bissig. Jeff verstand nicht, was los war.

»Hey, das will ich doch auch, Himmel, ich kann mich kaum beherrschen. Ich wollte nur sichergehen, dass du dir sicher bist.«

Haydn blinzelte und musterte seine Züge, suchte ganz offensichtlich nach einer Lüge. Jeff schluckte. Woher kam das auf einmal? Vorhin hatte er so locker gewirkt, ihn spielerisch provoziert und jetzt reagierte er so seltsam.

Schließlich wurden Haydns Züge wieder weicher und er atmete hörbar aus. »Entschuldige. Vergiss das von gerade eben.« Er fuhr sich mit einer Hand übers Gesicht und lächelte ihn dann an. Es wirkte nicht gezwungen – eher als seien ihm seine Worte von eben wirklich peinlich. »Fick mich.«

Ihre Lippen fanden sich und Haydns hitziger Kuss versicherte ihm, dass er wirklich meinte, was er sagte. Er griff zwischen seine Beine und brachte sich in Position. Dann drang er ein. Langsam und zärtlich. Es ging leicht. Der fremde Körper öffnete sich für ihn. Was für ein unfassbar geiles Gefühl. Jeff stöhnte und rückte ein wenig von seinem Entschluss ab, es ganz vorsichtig zu machen. Offenbar war Haydn ja kein Anfänger. Er konnte ihm mehr zutrauen.

Also stieß er zu. Nicht mit voller Kraft, aber auch nicht so, als sei Haydn aus Glas. Seine Finger krallten sich ins Bettlaken. Sein Schwanz drang tief in die heiße Enge dieses anderen Männerkörpers vor. Haydn stöhnte unter ihm und leckte sich über die Lippen, atmete durch den Mund, tief und schwer, sodass sie gleich wieder trocken wurden.

»Gott, ist das geil«, raunte Jeff. Er liebte auch Blowjobs und er genoss es – von den richtigen Männern – gefickt zu werden, aber es war auch wahnsinnig gut, selbst derjenige zu sein. Von jemand anderen in dessen Körper gelassen zu werden, sein warmes Inneres zu spüren, die Lust und die Gier nach mehr, die seine Stöße auslösten, das war ein Gefühl von Macht und Kontrolle, das ganz andere Saiten in ihm anschlug.

Und wenn er sich dann noch bewusst machte, wer es war, der sich ihm so willig entgegendrängte ...

Jeffrey öffnete die Augen und betrachtete den Mann unter sich, während er weiter zustieß. Sein Chef. Er fickte seinen Chef. Diesen starken, unerreichbaren Menschen, der ihn bis vor wenigen Tagen kaum zu bemerken schien.

Eine Gänsehaut überzog seinen ganzen Körper. Er erhöhte das Tempo. Das Ziehen in seinen Eiern wurde stärker. Jeff schob die Hand zwischen sie beide und wollte Haydn wichsen, damit er vor ihm zum Höhepunkt kam, doch er griff in warme, klebrige Feuchte.

Haydn war schon gekommen, ohne, dass er es gemerkt hatte. Jeff entwich ein Stöhnen. Er war einfach so ... nur durchs Ficken ...?

Seine Lust entlud sich tief in Haydns heißem Inneren. Schwer atmend rang er sich noch ein paar Stöße ab, wollte es so lange genießen, wie er konnte. Dann verließ ihn die Kraft und er musste innehalten. Vorsichtig legte er sich auf Haydn, ließ den

Kopf an seiner Halsbeuge ruhen. Sein Herz raste und sein Schweiß vermischte sich mit dem von Haydn.

Ein Gefühl von wunderbarer Schwäche breitete sich in ihm aus. Zufriedenheit. Harmonie. Zuneigung. Mit einer Hand hielt er das Kondom fest und zog sich vorsichtig zurück. Dann lagen sie ruhig beieinander und atmeten, bis ihre Körper zur Ruhe kamen.

So richtig schien keiner von ihnen das Schweigen brechen zu wollen, aber die Art, wie Haydn den Arm um ihn legte und ihn nahe bei sich hielt, sagte genug aus, um Jeff nicht nervös werden zu lassen.

In dem Schlafzimmer war es bis auf ihre Atemzüge und das gelegentliche Rascheln des Bettzeugs still. Die Geräusche der Straße drangen nicht bis hierher, so wie es im Wohnzimmer der Fall war. Man konnte hier sicher herrlich tief schlafen.

»Ich habe nicht geweint, nur um das fürs Protokoll festzuhalten«, sagte Jeff irgendwann und genoss das kleine Lächeln, das er Haydn damit entlocken konnte.

»Das stimmt. Ich bezeuge das eidesstaatlich.«

Beide lachten leise. Der Sex hatte sie auf einer neuen Ebene zusammengebracht, das spürte Jeff ganz deutlich.

»Willst du jetzt schlafen?«, fragte er und hob ein wenig den Kopf.

»Es ist noch ziemlich früh, oder?« Haydn richtete sich auf, stützte sich auf die Unterarme und fuhr sich durchs Haar. Bei dieser Geste traten seine schönen Brustmuskeln deutlich zutage und Jeff konnte nicht anders, als sie erneut zu bewundern.

»Es wird ungefähr acht sein«, schätzte Jeff. Er war durchaus dafür, den Abend noch ein bisschen zu genießen, denn zu Schlafen hätte bedeutet, dass die gemeinsame Zeit einfach fortlief.

»Kurz ins Bad und dann aufs Sofa«, legte sein Gastgeber schließlich fest und Jeff erhob sich mit einem zustimmenden

Brummen. Kurz blieb sein Blick an den feuchten Spuren auf Haydns Bauch hängen. Auch an ihm selbst klebte ein Teil seiner Ladung, stellte Jeff fest, als er an sich hinabschaute.

Vorsichtig zog er das gefüllte Kondom ab und machte einen Knoten hinein.

Haydns nackter Hintern und sein hübscher Rücken tanzten vor ihm her, als sie das Schlafzimmer verließen. Gott, er hoffte so sehr, dass das keine einmalige Sache gewesen war.

KAPITEL 21 – HAYDN

E S FIEL IHM leicht, sein Spiegelbild anzulächeln, als er sich am Waschbecken säuberte. Himmel, er hatte sich schon lange nicht mehr so sehr von seinem Instinkt leiten lassen wie an diesem Abend. Unter normalen Umständen hätte er sich niemals so schnell auf einen neuen Mann eingelassen – nicht nach der Katastrophe mit Zac. Aber jetzt war er so unglaublich froh, dass er es getan hatte. Er fühlte sich so befreit. Als hätte er bis gerade eben in Fesseln gelegen.

Sein Körper war schwerelos und einfach voller Zufriedenheit. Haydn wusch sich die Spermareste, den Schweiß und den Speichel vom Körper und rubbelte alles mit einem Handtuch trocken.

Dann verließ er das Badezimmer und zog seine Klamotten wieder an. Ein Schmunzeln legte sich auf sein Gesicht, als er wieder daran erinnert wurde, wie liebevoll Jeff das Hemd beiseitegelegt hatte. Es waren die kleinen Gesten, in denen man das Wesen eines Menschen wirklich erkannte. Er hätte früher anfangen sollen, auf solche Dinge zu achten. Vielleicht wäre er dann ausreichend vor Zac gewarnt gewesen.

Er zog es sich über und schloss sorgsam die Knöpfe. Dann las er Jeffreys Sachen auf und legte sie für ihn bereit. Damit er sich in Ruhe anziehen konnte, wenn er aus dem Bad kam, begab er sich selbst danach ins Wohnzimmer. Auch wenn sie jetzt sehr intim miteinander gewesen waren, brauchte er ja nicht die ganze Zeit neben ihm stehen und ihn anstarren.

Ein kitzelnder Schauer lief ihm über den Rücken, als er daran dachte, wie intim das tatsächlich gewesen war. Jeff zwischen seinen Beinen, seine Zunge … Er atmete tief durch und schob das alles erst mal von sich.

Doch so schnell ließ sein Hirn das Thema nicht gehen. Es schwenkte nur auf einen anderen Punkt um. Seine Reaktion auf Jeffreys Zögern, direkt in ihn einzudringen. Himmel, der Mann hatte sich nur vergewissern wollen, dass er ihn wirklich in sich haben wollte. Dass er wirklich bereit war, seine Meinung nicht geändert hatte. Sein Einverständnis war ihm wichtiger gewesen, als direkt loszulegen. Etwas, das ihn so vollkommen grundsätzlich von Zac unterschied … und dafür hatte er ihn angezickt wie ein Teenager. Vollkommen grundlos.

Er seufzte. Zum Glück hatte das keinen weiteren Einfluss gehabt, und er hoffte, dass Jeff es einfach vergessen würde.

Haydn saß wieder auf dem Sofa und ohne, dass er es realisiert hatte, hatte er nach dem Teddybären gegriffen, den er jetzt in den Händen knetete. Erst, als er auf seine Hände schaute, fiel es ihm auf.

Ja, das beruhigt dich. Ist okay, sagte er sich. *Jeffrey kann damit umgehen. Du kannst es auch.*

Nie wieder wollte er sich so fühlen, wie in diesen grässlichen Minuten mit Zac. Als der ihn gezwungen hatte … Er hatte ihn seit Wochen schon bearbeitet, ihn immer wieder gebeten, dass sie die Rollen umdrehten, weil er selbst viel lieber Bottom war und Vorwürfe, die anfangs noch scherzhaft geklungen hatten, waren immer lauter geworden.

Du siehst aus wie ein Top, du verhältst dich wie ein Top, da kannst du es mir ja wohl nicht übelnehmen, dass ich auf dich angesprungen bin. Das war einfach Betrug. Du bist es mir eigentlich schuldig, deine Rolle einzunehmen.

Er hatte das immer und immer wieder gesagt, in anderen Worten, in anderen Tonlagen, aber die Botschaft hatte Haydn stets umkreist wie ein Schwarm Mücken, die sich nicht verscheuchen ließen.

Er sah so aus, hatte den Körperbau und die Ausstrahlung, neigte im Bett manchmal zu provokanten Sprüchen ... Laut Zac machte ihn das eindeutig zu einem Top.

Haydn verlor sich immer mehr in dieser Gedankenspirale. Eigentlich war er in letzter Zeit besser darin geworden, diesem Tunnel auszuweichen, aber er hatte nicht damit gerechnet, dass seine positiven Gedanken über Jeffrey ihn direkt zu Zac lenken würden.

Eine Hand berührte ihn an der Schulter und ließ ihn aufblicken.

»Alles gut? Brauchst du etwas?« Jeff saß neben ihm auf dem Sofa und sprach mit leiser, sanfter Stimme. Haydn merkte, dass seine eigenen Finger ganz angespannt waren. Er hatte den Bären wohl ganz schön durchgeknetet.

Haydn schüttelte den Kopf. »Nur ein paar Gedanken, die mich eingefangen haben.«

»Sie scheinen dich sehr aufzuwühlen«, sagte Jeff. »Vielleicht brauchst du etwas, das dich stärker ablenkt als der arme Teddy.« Er lächelte und schob den Karton mit dem Legomodell zu ihm herüber.

Haydn musterte es einen Moment und gab Jeffrey den Teddy. Dann rutschte er auf dem Sofa nach vorn und öffnete die Pappverpackung.

Dieses Mal streiften ihn die Zweifel und die Scham nur ganz kurz, ehe er sich ins Spiel vertiefte. Er brauchte nicht mehr darüber nachdenken, ob ihm das vor Jeffrey peinlich sein musste. Es spielte keine Rolle mehr. Dieser Mann hatte ihn längst akzeptiert und er vertraute ihm im Moment mehr als jedem anderen, den er kannte.

Haydn spielte mit dem Lego. Seine Finger tasteten die Bausteine, glatte Oberflächen, kräftige Farben. Er breitete das Papier mit der Bauanleitung vor sich aus und setzte die Steine Stück für Stück zusammen. So etwas hatte er ewig nicht mehr gemacht, doch er wusste, dass er als Kind gerne Dinge zusammengesetzt hatte. Es machte Spaß, aus diesen kleinen Einzelteilen ein neues Ganzes entstehen zu sehen – in diesem Fall eine Art Flugzeug.

Die Steine hatten vielfältige Formen und Farben. Sie waren viel komplexer als die, an die er sich von damals erinnerte. Manche hatten Gelenke, die man umklappen konnte oder ließen sich verbiegen.

Als er nicht weiterkam, weil er irgendwie mehr Finger brauchte, als er besaß, bat er Jeffrey um Hilfe und der beteiligte sich liebend gern. Schließlich war das Flugzeug, eine Art Düsenjäger, fertig und Haydn betrachtete es von allen Seiten. Eigentlich ein schickes Teil. Er könnte es als Deko ... aber das würde nicht passen, nein, besser nicht. Es war Spielzeug.

»Die Dinger haben sich echt weiterentwickelt, oder?«, fragte Jeff. Haydn stellte das fertig gebaute Modell auf den Tisch und nickte.

»Früher gab es gefühlt nur vier oder fünf Sorten Steine.«

»Du hättest die Regale sehen sollen ... die Auswahl war riesig. Ich wusste gar nicht, wo ich zuerst hinsehen soll. Wenn du möchtest, bringe ich dir noch eins. Es gibt auch größere. Also viel größere.«

Jeffrey sprach so begeistert davon, dass Haydn geneigt war, sofort zuzustimmen, aber er zögerte. Warum eigentlich? Warum sollten sie nicht weitermachen? Niemand würde etwas davon merken, wenn Jeffrey für ihn einkaufte. Sie konnten sich weiterhin treffen, wenn sie es nicht an die große Glocke hängten.

Und das wollte er doch sowieso, oder?

Er wollte Jeff wiedersehen. Noch mehr Abende wie diesen verbringen.

»Ja. Ja, bitte.«

KAPITEL 22 – JEFFREY

IN DIESER NACHT durfte er in Haydns Bett schlafen und auch am nächsten Tag bei ihm bleiben. Sie verbrachten viele Stunden miteinander, in denen sie über alles Mögliche redeten, in denen er Haydn beim Kochen assistierte, in denen sie Memory spielten, Filme schauten, nochmal miteinander schliefen und schließlich gemeinsam unter die Dusche gingen. Es waren mit Abstand die besten vierundzwanzig Stunden der letzten Jahre.

Als er am Sonntagabend nach Hause fuhr, war Jeffrey bis über beide Ohren verknallt und jede Zelle seines Körpers wünschte sich zurück zu Haydn. Grinsend schlang Jeff die Arme um sich und lachte in sich hinein. Die anderen Leute im Bus hielten ihn wahrscheinlich für durchgedreht oder auf Droge, aber das war ihm egal.

Haydn und er waren ... na ja, nach seiner Definition waren sie zusammen. Aber sie hatten nicht darüber gesprochen, was das mit ihnen jetzt offiziell war. Wahrscheinlich würde es *offiziell* gar nichts sein, weil sie immer noch Chef und Angestellter waren. Aber das war ihm egal, wenn es sein musste, hielten sie es eben geheim und spielten auf der Arbeit ihre Rollen.

Er würde Haydn fragen, ob er sich woanders bewerben sollte. Wenn er in eine andere Kanzlei wechselte, die bestenfalls ein anderes Feld beackerte, dann würde ihrer Beziehung auch öffentlich nichts im Wege stehen. Hoffte er jedenfalls.

Jeff seufzte und ließ sich gegen die Lehne des Sitzes fallen. Er neigte dazu, manchmal zu optimistisch zu sein und gerade jetzt, wo er verknallt war, musste er Vorsicht walten lassen. Es wäre naiv, sich einzubilden, dass er nach nur etwa 50 privat verbrachten Stunden alles über Haydn wusste.

Aber es fiel schwer, sich zu zügeln, wenn man so voller Euphorie war.

Als der Bus an seiner Haltestelle ankam, sprang Jeff heraus und tänzelte über den Gehweg. Zurückhaltung schön und gut, aber wenn man einen Grund hatte, glücklich zu sein, dann sollte man das doch auch auskosten, oder?

Die Begegnung mit der Realität war dennoch hart. Schon als er das Gebäude der Kanzlei am Montagmorgen erreichte, spürte er eine gewisse Kälte in den Gliedern – was auch gut war. Er musste dringend ein bisschen ruhiger werden, konzentrierter, wenn er seinen Job so gut machen wollte wie sonst.

Im Büro angekommen besann er sich auf seine Haltung, auf einen neutralen Gesichtsausdruck und darauf, sich nicht zu viel umzusehen. Hier spielte die Arbeit die Hauptrolle ... nicht Haydn.

Er grüßte die Kollegen, kochte Kaffee und überprüfte die E-Mails. Dann checkte er den Terminkalender und nahm Änderungen und Ergänzungen vor. Es gab wieder Meetings vorzubereiten und Akten zusammenzustellen. Außerdem einiges an Post. Jeffrey sortierte die Werbung direkt aus. Immer diese Leute, die ihnen eine neue Kanzleisoftware andrehen wollten ... als ob irgendjemand erpicht darauf war, eine komplette Kanzlei tagelang lahmzulegen, nur um die Software zu wechseln.

Sein Herz pochte aufgeregt, als er den Kaffee für Haydn auf ein kleines Tablett stellte und sich die Mappe mit den Unterlagen für das Meeting unter den Arm klemmte. Dann trug er beides zu Haydns Büro und klopfte gemessen an.

Ein neutrales »Herein« kam ihm entgegen. Haydn blickte nur kurz auf, als er eintrat und erwiderte sein »Guten Morgen« ebenso unemotional, wie er ihn hereingebeten hatte.

Innerlich ließ Jeff die Schultern sinken, weil er nicht einmal das kleinste Lächeln geschenkt bekam ... als hätte das hinter seinem Schreibtisch hier allein im Büro jemand sehen können ... aber nach außen hin tat er so, als sei es ihm egal.

Als er die Mappe bei ihm ablegte, erwähnte er nochmal die Uhrzeit und den Ort des Meetings und verließ dann wieder Haydns Reich. Wie seltsam das war. Als wäre er gerade einem Mann begegnet, der nur aussah wie derjenige, mit dem er dieses Wochenende verbracht hatte.

Er ist eben noch viel besser darin, eine Rolle zu spielen als du, sagte er sich. *Lass dich doch nicht so leicht verunsichern.*

Die Stimme seiner Vernunft hatte Recht. Jeffrey wahrte die Ruhe und irgendwie half Haydns Distanz ja auch dabei, dass er sich mehr auf die Arbeit konzentrieren konnte. Sie sahen sich an diesem Tag so wenig, wie an den meisten anderen Tagen im Büro.

Zum Feierabend fuhren alle nach Hause. Wirklich alle. Jeffrey hatte sich schon darauf vorbereitet, länger zu bleiben, doch Haydn verabschiedete sich ganz normal und die Chance, den Abend mit ihm zu verbringen, entstand gar nicht erst.

So lief es auch in den nächsten Tagen. Und so sehr Jeff auch selbstbewusst und ruhig bleiben wollte, so sehr nagte es an ihm, dass Haydn sich so gar nichts anmerken ließ, ihm niemals ein

Lächeln oder einen längeren Blick schenkte und kein einziges vertrautes Wort an ihn richtete. Alles schien wie weggewischt.

Es war schwer, das durchzuhalten, und er sehnte das Wochenende herbei, weil er sicher war, dass Haydn ihn dann wieder einladen würde.

Am Freitag begleitete ihn eine durchdringende Unruhe ins Büro. Mehrmals war er kurz davor, Haydn einfach anzusprechen und ihn zu fragen, wann sie sich treffen würden, aber er hielt sich zurück. Die paar Stunden würde er jetzt auch noch aushalten und am Ende würde sich herausstellen, dass er die ganze Zeit nur zu ungeduldig gewesen war.

Dann entdeckte er eine Planänderung bei den Terminen, die ihn direkt in den Magen traf: Ein Geschäftsessen, das eigentlich am Montag hätte sein sollen, war auf Samstagabend geschoben worden. Jeff stieß den Atem aus. Das bedeutete, dass er Haydn frühestens am Sonntag privat sehen konnte.

Er schluckte seinen Ärger hinunter und sobald Haydn im Büro ankam, überbrachte er ihm die Nachricht. Aufmerksam ruhte sein Blick auf dem Gesicht seines Chefs. Er wirkte müde und schon wieder ein bisschen grau – deutlich angespannter als am Anfang der Woche. Als er die Nachricht bekam, fuhr er sich mit beiden Händen übers Gesicht.

»In welchem Restaurant«?, fragte er.

Man hatte umgebucht. Er nannte ihm die neue Adresse.

Von Haydn kam ein paar Sekunden lang nichts und Jeff konnte ihn inzwischen gut genug lesen, um zu wissen, dass er gerade mit Überforderung kämpfte. Er hätte ihm so gern geholfen, wusste aber nicht, ob Haydn das recht war. Hier im Büro, tagsüber, mit den Kollegen auf dem Flur, die nur einen Blick durch den Sichtstreifen in der Wand werfen mussten.

»Ich könnte davor zu dir kommen«, bot er leise an.

»Nein«, stieß Haydn hervor, nur wenig lauter als er aber in seinem Herzen war es, als hätte er ihn gerade angeschrien. Jeff presste die Kiefer aufeinander und legte eine Hand auf den Schreibtisch, weil er das Gefühl hatte, der Boden würde wanken.

Haydn wollte nicht, dass er zu ihm kam, um zu helfen? Sie hätten einen Weg gefunden, ihm Entspannung zu verschaffen. Er hätte ihn zu dem Restaurant begleiten können, ohne dass jemand ihn sehen musste. Er hätte ihn auch abholen und nach Hause begleiten können oder zu Hause mit neuem Spielzeug auf ihn warten können.

Aber diese Dinge brauchte er nun auch nicht mehr aussprechen. Haydn hatte nein gesagt und das musste er akzeptieren, auch wenn ihn das gerade vollkommen umwarf.

»Brauchst ...« Er räusperte sich. »Brauchen Sie noch etwas? Soll ich den Termin absagen?« Irgendwie schaffte er es, seiner Stimme genug Stärke zu verleihen, damit sie nicht schwankte.

Haydn schüttelte den Kopf. Das war alles. Jeff ging und schloss die Tür.

In ihm war alles still. Irgendwie hatte er seine Gedanken und Gefühle eingefroren, aber es hielt nur vor, bis er in den Bus nach Hause stieg. Dann brach es in ihm los. All die Fragen und all die Unsicherheit der letzten Tage. Er schluckte schwer, verkniff sich Tränen, die aufsteigen wollten und versuchte, zu verstehen.

Vielleicht war in dieser Woche etwas passiert.

Vielleicht war das Nein gar keine allgemeine Antwort gewesen, sondern nur bezogen auf seinen Vorschlag, Samstagvormittag zu ihm zu kommen.

Vielleicht hatte er aber auch zu viel in ihr gemeinsames Wochenende hineininterpretiert. Haydns Kühle hatte die Erinnerungen seltsam schwammig werden lassen, sodass er bei manchen Dingen nicht mehr sicher war, ob er sie sich vielleicht nur eingebildet oder gar geträumt hatte.

Er brauchte dringend Klarheit.

KAPITEL 23 – HAYDN

ES WAR FREITAGABEND und er tat etwas, das er unter normalen Umständen um alles in der Welt vermieden hätte: Er fuhr an einen Ort, der ihm fremd war.

Jeffreys Adresse stand in den Unterlagen und war leicht im Kopf zu behalten. Haydn setzte sich in ein Taxi und ließ sich hinfahren. Den Trubel der öffentlichen Verkehrsmittel versuchte er stets zu vermeiden.

Die Gegend war durchschnittlich, weder besonders hochgestochen noch besonders heruntergekommen. Die Fassaden waren größtenteils sauber und die Leute sahen freundlich aus. Wohnblöcke dominierten die Straße, bis auf einen kleinen Handarbeitsladen, der beinahe direkt neben Jeffreys Hausnummer lag.

Haydn nahm seinen Mut zusammen und klingelte.

Der Türöffner surrte, ohne, dass irgendjemand wissen wollte, wer er war. Schulterzuckend drückte Haydn die Eingangstür auf und stieg die Treppen nach oben. Jeffreys Wohnung lag in der vorletzten Etage und Haydn wollte den Aufstieg nutzen, um seine Gedanken zu sortieren.

Er musste dringend mit Jeff reden. Dieser kurze Wortwechsel im Büro wurmte ihn und er ahnte, dass er damit Schaden angerichtet hatte. Er musste ihm erklären, was das gewesen war. Er musste ihm so einiges erklären.

Jede Stufe brachte die Erinnerungen von letzter Woche wieder hoch. Es war unangenehm gewesen, wieder ins Büro zurückzukehren, sich wieder so eingeschnürt zu fühlen, nachdem er am Wochenende die Freiheit gekostet hatte. Ihm war richtig übel gewesen, als er am Montagmorgen angekommen war und merkte, dass da wieder Blicke waren und Urteile, die über ihn gefällt wurden – jede einzelne Sekunde des Tages.

Er war so hoch geflogen, dass der Aufprall sich umso rauer angefühlt hatte. Dabei gab es ja keinen Grund zur Jammerei, richtig? Er hatte einen tollen Job, ein gutes Gehalt, vielversprechende Chancen. Er verdiente sich den Respekt zahlreicher Menschen, genoss Ansehen und wusste, eines Tages würde ihm die Kanzlei gehören.

Was war dagegen ein Abend, an dem er mit Lego spielte oder auf dem Sofa mit jemandem rumknutschte, dem sein türkises Hemd gefiel?

Es sollte ihm nicht so wichtig sein. Aber das war es.

Deswegen stand er jetzt hier vor dieser Tür und klopfte an.

»Jeff? Ich bin es.«

Er schluckte, als sein Assistent ihm öffnete und ihm so unsicher in die Augen sah. Er wusste, er hatte ihn verletzt. Weil er selbst nicht wusste, wo er stand und ... wer er war. Wer er sein sollte.

»Kann ich reinkommen?«

Jeffrey trat zur Seite und hielt ihm die Tür auf. Dann schloss er sie hinter ihm.

»Ich bin verwirrt«, sagte Jeff.

»Oh, ich auch.« Haydn lachte knapp und ließ sich von seinem Gastgeber in ein größeres Zimmer leiten. Hier war alles ein wenig kleiner und vor allem bunter als bei ihm. Der Raum, in dem sie Platz nahmen, war in Grau, Gelb und Grün gehalten, was gleichermaßen gemütlich wie belebend wirkte. Fast wie in einem Garten.

Das Sofa war von einem grauen, recht rau wirkenden Stoff überzogen, aber die gelben und grünen Kissen und Decken brachten die Weichheit zurück. Der Tisch vor ihnen hatte gebogene Beine und die gelbe, gehäkelte Tischdecke hätte aus dem Handarbeitsladen unten an der Straße stammen können.

Jeff saß neben ihm, aber mit mehr Abstand als zuletzt bei ihm zu Hause.

»Als du letztes Wochenende bei mir warst, dachte ich: Das ist mein richtiges Leben, die Welt, in die ich gehöre. Dann kam ich zur Arbeit und war wieder jemand anders und gehörte aber nicht weniger in diese Welt. In die Kanzlei. Ich bin das ja auch. Zuerst dachte ich, ich kann das abwechseln. Am Wochenende so und unter der Woche so. Aber das fällt mir so schwer. So viel schwerer, seit ich diese andere Seite erkenne.« Sein Talent, seine Gedanken schnell in halbwegs verständliche Worte zu kleiden, kam ihm zu Hilfe, denn in seinem Kopf war das alles deutlich verwirrender. »Das soll natürlich keine Anklage sein. Ich bin dankbar, dass du mir das gezeigt hast. Aber es ist so schwer. Es belastet mich, mehrere Personen sein zu müssen.« Er atmete durch und sah Jeff ins Gesicht. »Als du vorschlugst, am Samstag vor dem Essen zu mir zu kommen, damit ich mich mit dir entspannen kann, da habe ich so heftig reagiert, weil es diese Trennung noch schärfer hervorgehoben hätte. Dann lebe ich mich mit dir aus, spiele in bunter Kleidung Kinderspiele und eine halbe Stunde später sitze ich schwarz-weiß-grau in einem Restaurant mit Anwälten und Firmenchefs und rede über Aktienkurse. Ich wollte nicht ... Ich habe nicht gemeint, dass ich mich gar nicht mehr mit dir treffen will. Ich würde mich am liebsten *nur noch* mit dir treffen. Aber ich weiß im Moment nicht, wer und wo ich bin.«

Jeff befeuchtete seine Lippen. Er wirkte nachdenklich, nicht mehr so eingeschüchtert und verletzt wie vorhin.

»Du bist immer noch Haydn«, sagte er. Keine Vorwürfe, keine Beschuldigungen, nicht mal ein 'das hat echt wehgetan'. Wie immer kümmerte Jeffrey sich zuerst um ihn. »Wir können daran arbeiten, die beiden Welten zusammenzubringen. Damit du dich nicht mehr so zerrissen fühlst.«

Haydn lachte bitter. »Sie werden mich niemals so akzeptieren wie du.«

»Du hast Recht. Aber es geht sie auch nichts an. Du musst ihnen nicht deine intimsten Bedürfnisse zeigen. Nur die harte Trennung zwischen diesen beiden Haydns aufheben.«

»Wie stellst du dir das vor?«

Jeff rückte näher heran und schien sich wieder sicher zu fühlen.

»Kleine Schritte«, sagte er. »Ganz ganz kleine.« Er nahm Haydns Krawatte in die Hand und strich über den Stoff. »Hiermit zum Beispiel. Du hast bestimmt ein paar, die nicht einfach nur einfarbig dunkelrot sind. Wenn deine Welt als Anwalt schwarz-weiß-grau ist, dann fang damit an, etwas Farbe hineinzubringen. Nur so viel, wie diese Welt und du vertragen. Und dann, wenn alle daran gewöhnt sind, etwas mehr.«

Haydn runzelte die Stirn, aber Jeffreys sanftes Lächeln ließ seine Gedanken Bilder aus den Worten formen. Bilder davon, wie er ein paar von den Krawatten und Hemden trug, die in seinem Schrank ganz hinten hingen.

»Das türkise Hemd sah großartig aus und es hatte eine gute Qualität. So was könntest du auch im Büro tragen. Aber wenn dir das noch zu viel vorkommt, dann fang mit Krawatten an. Es muss ja kein Pokémon-Muster drauf sein, aber etwas, das diesen Panzer aufbricht. Etwas, das dich ein bisschen befreit. Oder wenn die Krawatte noch zu viel ist, dann fang mit der

Unterwäsche an. Dann ist es erstmal nur für deine eigenen Augen, bevor du mit fremden Augen anfängst.«

Er sah Jeffrey ins Gesicht. »Du bist wunderbar.«

Sein Gegenüber schaute zurück und lächelte.

»Es tut mir leid, dass ich dich so abgewiesen habe.«

»Ist schon vergessen«, sagte Jeff und kam ihm für einen Kuss entgegen. Diese kleine Berührung war nicht nur eine neue Annäherung, sondern für ihn auch die Besiegelung dessen, was Jeffrey gerade skizziert hatte. Ihm gefiel die Idee, Stück für Stück etwas mehr von seiner Persönlichkeit freizulassen. Und wenn es erst mal nur über die Kleidung war. Das schuf die erste kleine Brücke. Schon, wenn er sich das nur vorstellte, fühlte er sich etwas besser.

»Danke. Ich werde es genau so versuchen, wie du gesagt hast.« Er seufzte knapp. »Aber ich ahne, dass ich mir am Morgen schwer damit tun werde. Was sage ich, wenn mich jemand darauf anspricht?«

»Dass dir nach ein bisschen Farbe war? Oder sag, deine kleine Nichte hätte dir die Krawatte geschenkt oder sowas. Da wird niemand etwas gegen sagen, glaube ich. Vielleicht bekommst du sogar Komplimente.«

Haydn schnaubte und schüttelte den Kopf. »Ist es nicht albern, wie mich solche kleinen Dinge verunsichern?«

»Nein. Ich finde nichts an dir albern.«

Haydn legte eine Hand in Jeffreys Nacken und zog ihn sachte ein Stück zu sich. Dann hauchte er einen Kuss auf seine Stirn. »Ich weiß. Ich weiß, und das tut mir so wahnsinnig gut. *Du* tust mir so gut.«

KAPITEL 24 – JEFFREY

ER WAR UNENDLICH erleichtert. Und auch erschrocken ... erschrocken darüber, wie sehr sein Herz jetzt schon an diesem Mann hing. Aber er war auch froh. Froh, dass Haydn jemand war, der Fehltritte sofort berichtigte, selbst, wenn es bedeutete, Hürden zu überwinden. Er hatte noch im Ohr, dass Haydn Hotels mied, weil er sich in fremden Umgebungen nicht wohlfühlte. Nun war er hier. In seiner fremden Wohnung.

»Es war schwierig diese Woche«, sagte er. »Ich habe die ganze Zeit auf ein Zeichen von dir gewartet, aber du hast deine Rolle komplett durchgezogen.« Er verstand es jetzt – er, Jeffrey, gehörte zu beiden Welten, aber Haydn hatte sich für eine Seite entscheiden müssen und das war die Jobseite gewesen. Deswegen hatten sie nie privat geredet.

»Es tut mir leid«, sagte Haydn und nahm seine Hand in beide Hände. »Ich wollte dich nicht verunsichern. Du bist mir wichtig.« Er atmete durch. »Glaubst du mir, wenn ich sage, dass ich besser darin werden kann?«

Jeff nickte. Ja, er glaubte ihm. Natürlich glaubte er das. Haydn konnte bestimmt alles schaffen, was er sich vornahm. Eine Weile schwiegen sie und Jeff fiel auf, wie viel lauter man den

Verkehrslärm hier hörte. Seine Wohnung war nicht so luxuriös wie die von Haydn.

»Ich möchte dir etwas erzählen.« Diese fünf Worte zogen sofort seine ganze Aufmerksamkeit zurück zu Haydn. Er klang sehr ernst.

»Okay. Nur zu.«

Haydn befeuchtete seine Lippen und setzte sich anders hin. »Oh, brauchst du etwas zu trinken? Ich habe komplett vergessen, dass ich Gastgeber bin.« Er sprang auf. »Soll ich Tee kochen? Ansonsten habe ich Wasser, Apfelsaft und Bier.«

»Wasser«, sagte Haydn. »Das wäre nett.«

Jeffrey nickte eilig und holte eine Flasche und zwei Gläser aus der Küche. Dann kehrte er zurück. In seinem Bauch kribbelte es aufgeregt, weil er spürte, dass das, was Haydn ihm sagen wollte, etwas Bedeutendes war. Vielleicht ging es um seine Gefühle für ihn oder um seine Vergangenheit.

Das Wasser strömte leise in die Gläser. Kohlensäure zischte und prickelte. Haydn schaute kurz zu ihm, wirkte zögerlich. Jeff hob sein Getränk an und prostete ihm damit zu. Dann trank er und nun bediente sich auch Haydn, befeuchtete seinen Mund. Schließlich senkte er den Kopf, legte beide Hände ans Trinkglas und fing an, zu erzählen.

Jeff sah ihn vorsichtig von der Seite an und lauschte jedem einzelnen Wort. Haydn erzählte von einem Abend bei seinem Ex, damals noch sein Partner. In Gedanken saß er mit ihnen am Tisch und saugte die Atmosphäre auf, die Haydn beschrieb. Obwohl noch nichts passiert war, stellten sich nach und nach die Härchen auf seinen Armen auf, weil er ahnte, dass etwas Schlimmes passieren würde. Das hier war keine Geschichte über ein schönes Date, keine liebevolle Erinnerung, die er teilen wollte.

Dann offenbarte sich der Schatten, der über dieser Erzählung hing. Wie giftiger Nebel breitete er sich aus und verklärte das gesamte Bild. Jeff stockte der Atem, als sei wirklich Giftgas im Raum. Er konnte nicht atmen.

Haydn erzählte von Schock und Wehrlosigkeit, von Zweifeln und Gewissensbissen, vor allem aber von einer Vergewaltigung. Ein Albtraum, begangen von jemandem, der ihn lieben sollte. Von jemandem, dem er vertraut hatte.

Mit tauben, kalten Fingern bearbeitete er das Glas in seiner Hand. Es schmerzte, sich das vorzustellen. Haydn, der ... von diesem anderen Mann gezwungen wurde ... er wusste gar nicht, ob er das 'Sex haben' nennen konnte. Es war einfach nur Gewalt. Nicht nur eine körperliche, wie er schnell merkte. Die Art und Weise, wie Haydn davon sprach, offenbarte mehrere, tiefergehende Ebenen.

»Ich sehe nun mal aus, wie ich aussehe«, murmelte er gerade und blickte zur Seite. »Er hat sich betrogen gefühlt.«

»Hör auf. Hör auf, auch nur zu versuchen, dir einen Funken von dieser Schuld aufzuladen«, sagte Jeff leise und leerte den Rest seines Glases mit einem Schluck. Jetzt wünschte er, es wäre etwas Stärkeres darin gewesen. Er stellte es auf dem Tisch ab und wandte sich ganz zu Haydn um, der aufgehört hatte, zu reden. Die Geschichte hatte mit einer langen Duschsession geendet und mit seinen Erklärungsversuchen von Zacs Verhalten.

»Wenn ein Mandant zu dir käme und dir berichten würde, dass ihm jemand was ins Getränk getan hat, hättest du doch sicher kein Problem, den Täter klar zu erkennen, oder?« Er schüttelte den Kopf und legte einen Arm um Haydns Schultern. »Das tut mir so leid.« Seine Stimme war ganz ruhig, aber fest und sicher. Er wusste nicht, was Haydn jetzt brauchte: Geborgenheit, Zuneigung, eine Analyse des Geschehens und die Versicherung, dass er nichts falsch gemacht hatte? Wollte er weinen, schreien, jemanden schlagen, wollte er schlafen oder etwas essen oder einfach abgelenkt werden?

Jeffrey wollte das alles herausfinden. Alles, was es über Haydn zu wissen gab. Diese unglaublich wichtigen Dinge – wie er ihm Erleichterung und Frieden schenken konnte, aber auch die kleinen, unwichtigen Sachen. Alles eben.

Sein Herz klopfte schmerzhaft für den jungen Mann, als er sich zu ihm drehte und sich in die halbe Umarmung schmiegte. Jeff nahm es als Anlass, auch noch den anderen Arm um ihn zu legen, und ihn sanft an sich zu drücken. Zwar weinte Haydn nicht, aber er atmete angestrengt und barg das Gesicht an seinem Hals, während Jeff beruhigend seinen Rücken streichelte und ihn hielt, solange er es wollte.

Für Haydn strahlte er Ruhe aus, aber innendrin wuchs seine Wut auf diesen Zac. Wie konnte man … wie kam man auch nur auf so eine Idee? Blöd gelaufen, wenn man sich in jemanden verliebte, mit dem es im Bett irgendwie nicht passte – aber wenn das die Konsequenzen waren, die man daraus zog, dann stimmte doch etwas mit seinem Kopf nicht. Haydn war doch keine Puppe, die er für seine Bedürfnisse benutzen konnte, wie er wollte. Wie verraten musste er sich fühlen. Wie erschüttert musste sein Vertrauen sein.

»Du bist so stark«, sagte er leise. »Und du bist genau richtig, so wie du bist. Dieser Kerl ist bösartig und manipulativ. Hast du … etwas gegen ihn unternommen?« Jetzt setzte sich auch das ganze Bild zusammen. Der Grund, warum Haydn nicht alleine auf seinen Ex treffen wollte. Er kannte Haydns Antwort, bevor dieser sie gab.

»Handgreiflichkeiten und Worte. Nichts Offizielles.«

Jeffrey atmete tief ein und aus. Er verstand es, ohne dass Haydn es erklärte. Auch ganz unabhängig von seiner beruflichen Stellung … es war eine unglaublich unangenehme Vorstellung, diese Geschichte irgendwo vor Fremden vortragen zu müssen. Erklären zu müssen. Er hörte die Worte schon im Ohr, ohne je in dieser Lage gewesen zu sein:

»Finden Sie nicht, dass Sie übertreiben?«

»Sie sind doch ein gut gebauter Kerl – und da konnten Sie sich nicht wehren?«

»Ich will Ihnen ja nicht zu nahe treten, aber als schwuler Mann haben Sie doch sowieso ständig Sex. Und dieses eine Mal war jetzt eine Vergewaltigung, sagen Sie?«

Ihm wurde übel von den Anschuldigungen und Sprüchen, die seine Fantasie ausspuckte. Vielleicht tat er den Polizeibeamten unrecht, aber das Risiko war deutlich höher, dass so etwas in der Art passieren würde. Und dafür diese brennende Scham auf sich nehmen? Nein. Es war ungerecht. Schreiend ungerecht. Aber er verstand, dass Haydn Zac nicht anzeigen wollte. Er würde ihn nicht dazu drängen.

»Jetzt will ich dich am liebsten jeden Abend nach Hause bringen«, sagte Jeff.

»Ich werde umziehen«, sagte Haydn. »Jedenfalls wenn er sich noch ein einziges Mal dort blicken lässt. Am Montag wird das Schloss ausgetauscht. Dann habe ich zumindest dahingehend etwas mehr gedankliche Ruhe.«

Sein Gegenüber löste sich von ihm und sah ihn jetzt erstmals an, seit er seine Erzählung begonnen hatte. Haydn wirkte blass und unsicher.

»Sollen wir zu dir fahren?«, bot er an. Dann wäre er wenigstens in vertrauter Umgebung.

»Nein. Lass uns hierbleiben.« Und nach einer kurzen Pause: »Kann ich zufällig bei dir übernachten?«

KAPITEL 25 – HAYDN

ES ZUM ERSTEN Mal jemandem zu erzählen hatte einen kleinen Teil der Last von ihm genommen. Jeff hatte es ihm leicht gemacht und jetzt fühlte es sich so an, als würde er einen Teil seiner Angst, einen Teil der Enttäuschung und des Horrors für ihn tragen.

Mit seiner Wohnung kam er bald klar. Hier roch alles nach Jeffrey, nach diesem Mann, der ihm so viel Sicherheit und Halt gab. Es gab durchaus schlechtere, fremde Orte und bald würde dieser hier auch nicht mehr fremd sein.

Gemeinsam kommentierten sie die Filmszenen, lachten zusammen und tauschten kleine Zärtlichkeiten. Es war entspannt und leicht und diese Atmosphäre zog den Stress förmlich aus ihm heraus.

Er merkte auch, dass Jeffrey zwischendurch immer wieder in seine eigenen Gedanken abglitt. Manchmal wurde sein Blick so fern oder seine Antwort dauerte einige Sekunden länger als gewöhnlich. Wahrscheinlich musste er das, was er ihm erzählt hatte, auch erstmal verarbeiten und einsortieren.

In den Medien hörte man oft von vergewaltigten Frauen – aber auch Männer konnten zu Opfern werden. Und vermutlich wurde den meisten nicht mal Viagra verabreicht und das machte es für diejenigen wahrscheinlich noch schlimmer, weil die Zweifler dann umso mehr sagen würden: Es geht doch gar nicht, ohne dass du es willst.

Er schnaubte leise, um den Gedanken abzuschütteln, und schmiegte sich enger an Jeff. Dann merkte er, dass er mehr brauchte, um sich abzulenken, und der Film war ohnehin gerade zu Ende.

»Wie war das mit deiner letzten Beziehung?«, fragte er. »Ich hoffe, deren Ende war glimpflicher als bei mir.«

Jeff strich ihm durchs Haar und Haydn schloss genießerisch die Augen.

»Er hat mich betrogen. Weil ich nicht genug war.«

»Doch nicht so glimpflich. Tut mir leid, das zu hören.« Wie konnte man so jemanden wie Jeffrey betrügen? Der Mann hatte ein Herz aus Gold ... es kam Haydn absurd vor, so einen Schatz aufs Spiel zu setzen, nur weil man vielleicht gerade scharf war.

»Danke, aber ich bin eigentlich ganz froh, dass es auseinandergegangen ist, sonst könnte ich jetzt nicht das hier machen.« Jeff gab ihm einen Kuss und sie spielten schmunzelnd miteinander. Aber Haydn wollte noch mehr wissen.

»Ihr habt auch diese Little-Sache ausgelebt?«

»Ja, wir haben es versucht. Aber Ethan wollte recht schnell etwas anderes. Nicht einfach nur einen Daddy – in der Rolle habe ich mich ja wohlgefühlt – sondern einen Daddy-Dom. Das war unbekanntes Land für mich. Ich hätte mich rangetastet, aber wenn ich mich mit dem Kerl vergleiche, den er sich angelacht hat, dann war ich vielleicht auch rein von der Ausstrahlung her die falsche Besetzung für ihn.«

Haydn betrachtete aufmerksam Jeffreys Gesicht, während er erzählte. Anscheinend hatte auch er Erfahrung damit gemacht, optisch nicht der richtigen 'Rolle' zu entsprechen. Nicht dominant genug. Er hatte wirklich nicht die Aura eines harten Doms, aber nach allem, was er über diesen Mann wusste, hätte er ihm sogar zugetraut, dass er es lernen konnte.

»Ich merke gerade wieder, dass ich mich überhaupt nicht auskenne, auch wenn ich inzwischen weiß, was ein Little ist«, murmelte Haydn.

»Er wollte, dass wir richtige Sessions abhalten und ich ihm Befehle gebe, die er in seiner kindlichen Rolle ausführt. Da wird der Little sozusagen zum Sub. Manche mögen das, andere bleiben lieber bei soften Varianten.«

»Wie hättest du es am liebsten gemacht?«, fragte er weiter. Jeffrey musste sein Eigeninteresse darin erkennen, denn er grinste und antwortete bereitwillig.

»Ich bin gerne einfach da und beaufsichtige und helfe ... Ich kümmere mich einfach gerne um das Wohlergehen anderer, umso mehr, wenn es sich um Personen handelt, die mir wichtig sind.«

»Und sexuell?«

Jeff dachte einen Moment nach. »Das habe ich für mich noch nicht so ganz herausgefunden. Es gefällt mir schon, im Bett derjenige zu sein, der die Führung übernimmt und ich mag es, wenn sich aus dem Kuscheln mehr entwickelt und es sich langsam hochdreht ... aber ich stehe nicht drauf, einem spielenden Little meinen Schwanz ins Gesicht zu halten und einen Blowjob zu fordern.«

Haydn musste lachen. »Das klingt auch ein bisschen abrupt.«

»Ethan hätte, glaube ich, genau so etwas gewollt. Und es sei ihm ja auch vergönnt ... Littles sind ja keine Kinder, es bleiben erwachsene Männer und wenn die da Bock drauf haben, sollen sie es so machen. Aber für mich war das nicht der richtige Vibe. Obwohl ich es für ihn versucht hätte.«

»Es tut mir leid, dass er dich verletzt hat. Das hast du nicht verdient.«

»Es tut nicht mehr so weh«, sagte Jeff und küsste ihn nochmal. Sie ließen sich tief hineinsinken in die warme, sichere Welt, die zwischen ihnen beiden entstand, während sie Erfahrungen austauschten und einander nahe waren.

Was kann ich tun, um sicherzustellen, dass ich ihm nicht auch wehtue?, ging es Haydn durch den Kopf. Auf der Arbeit wie ein Fremder behandelt zu werden, war sicher auch nicht gerade schön für Jeff. Aber ihm die Kündigung vorzuschlagen ... das kam ihm ebenfalls verletzend und kalt vor.

»Du könntest auch eine von deinen Glasfiguren mit ins Büro bringen«, sagte Jeffrey dicht an seinem Ohr. Er schien gedanklich in ganz anderen Gefilden unterwegs zu sein, überlegte anscheinend noch nach weiteren Möglichkeiten, wie er seine Persönlichkeit mit ins Büro nehmen konnte, ohne sich in zu große Gefahr zu begeben.

»Gute Idee«, sagte er leise. »Du bist sehr aufmerksam.«

»Das gehört zu meinem Job. Aufmerksam zu sein. Ich finde jeden Tippfehler.«

»Ja, du bist wirklich ein hervorragender Assistent«, bestätigte Haydn und küsste seinen Hals, während seine Hände unter das T-Shirt glitten, das Jeffrey trug. Sein Oberkörper war angenehm glatt und kaum behaart. Seine Finger glitten neckend durch den seichten Flaum zwischen den Brustmuskeln und strichen dann sanft über seine Nippel und wieder hinunter über die Rippenbögen.

Jeff schnappte nach Luft, aber antwortete nichts darauf. Er schien alle Aufmerksamkeit darauf zu konzentrieren, seine Berührungen zu genießen. Haydn gab ihm mehr davon, streichelte seine Seiten und kratze sachte über die empfindliche Haut am unteren Rücken, bis sein Gegenüber wohlig erschauderte.

Das schien ihm zu gefallen. Er war wohl wirklich keiner von denen, die sofort aufs Ganze gehen mussten. Die lieber erst mal kuschelten und alles langsam aufbauten, statt dem anderen aus heiterem Himmel ... ja, den Schwanz ins Gesicht zu halten. Er schmunzelte wieder über diese Vorstellung und schob kaum merklich ein Bein zwischen Jeffreys Schenkel. Er machte das so beiläufig, dass es fast Zufall hätte sein können und ließ das Bein einfach dort liegen, während er Jeff weiter streichelte und kraulte und seine tiefgehenden Küsse genoss.

Jedes Mal, wenn er seinen Mund für ihn öffnete, lief ein Prickeln über seine Haut, das sich durch seinen Körper schlängelte und erst in seinem Schritt endete. Jedes Mal wollte er seufzen und sich winden, verkniff es sich aber, so gut er konnte. Die Wände hier waren sicher ziemlich dünn.

»Wie lange hast du eigentlich schon davon geträumt, deinen Chef zu ficken?«, fragte er leise und achtete genau darauf, was sich zwischen Jeffreys Beinen tat. Wie erwartet lösten die Worte eine spürbare Reaktion aus. Er wusste nur noch nicht, ob es die klaren Worte waren oder vielleicht auch diese Konstellation. Es hatte ja durchaus etwas Verbotenes ...

»Darüber gibt es leider keine Aufzeichnungen«, raunte Jeff zurück. »Ansonsten würde ich dir die Akte natürlich vorlegen.«

Haydn grinste breit. Jeffrey gab nicht nur ihm Geborgenheit – seine Antwort zeigte, dass er sich auch bei ihm sicher fühlte.

Vorsichtig bewegte er das Bein, rieb es gegen die Wölbung in Jeffs Hose. Warmer Atem brandete über seinen Hals, ein tiefer, beherrschter Atemzug.

»Wollen wir lieber in mein Schlafzimmer gehen?«

KAPITEL 26 – JEFFREY

IN DIESEM BETT hatte er so oft davon geträumt, schmutzige Dinge mit ihm zu machen, und jetzt kniete Haydn vor ihm, den Po gegen ihn geschmiegt und den Oberkörper auf die Matratze gepresst. Beide Hände hatte er in das Kissen gekrallt, auf dem auch sein Gesicht ruhte. Er benutzte es, um sein Stöhnen zu dämpfen.

Jeff war es inzwischen egal, ob die Nachbarn etwas hörten. Wenn dieser heiße Mann sich ihm so darbot, dann konnte er nicht anders, als seiner Lust Ausdruck zu verleihen. Sein Schwanz versank mit jedem Stoß tief in der warmen Enge und Jeff genoss es, sich das anzusehen und Haydns knackige Halbmonde dabei zu kneten.

Er beobachtete auch das Muskelspiel seines Rückens und wie die Haut zu glänzen begann. Alles daran war Stoff für neue Träume, nur mit dem Unterschied, dass er jetzt beim Erwachen nicht mehr enttäuscht sein würde, denn nun war Haydn nicht länger ein ferner Stern, in dessen Umlaufbahn er kreiste, sondern sein Freund.

»Sind wir zusammen?«, fragte er, als sie zehn Minuten später nackt und zufrieden in seinem Bett lagen und kuschelte. Er hatte den Arm um Haydn gelegt und der spielte versonnen mit seiner Hand herum. Seine Fingerspitzen kitzelten mal seine ganze Handfläche und dann wieder einzelne Fingerglieder.

»Ja.« Die Antwort kam ohne langes Nachdenken, mit warmer, versichernder Stimme. Jeff lächelte und drückte sachte die Hand, die mit seiner spielte. Ja, sie waren ein Paar. Mehr brauchte er im Moment nicht, denn in ihm lebte die Zuversicht, dass sie alles andere leicht schaffen konnten. Er würde Haydn dabei helfen, seine Persönlichkeit auch außerhalb der sicheren vier Wände zu entfalten, er würde ihm beistehen, wenn sich dieser Pisser Zac nochmal zeigte, und er würde sich klar darüber werden, wie es beruflich weitergehen musste.

»Gut«, seufzte er zufrieden und drückte Haydn einen Kuss auf den Nacken. Er liebte es, welchen Wandel sein Leben gerade durchmachte. Er liebte es, mit Haydn zusammen zu sein. Er liebte es, ihn anzusehen, ihm zuzuhören, ihn zum Lachen zu bringen. Alles davon.

Haydn ging nach dem Frühstück. Der Abschied fiel schwer, aber sie versprachen sich gegenseitig, dass die nächste Woche besser werden würde, als die letzte und die Chancen dafür standen ja auch gut. Er verstand Haydn jetzt besser und Haydn wusste, was in ihm vorging. Sie wussten beide, woran sie waren, und dass sie einander festhalten wollten. Inzwischen hatten sie auch einen privaten Chat angelegt, damit sie übers Handy Kontakt halten konnten, ohne, dass es den beruflichen Austausch durcheinanderbrachte.

Heute musste Haydn zu dem Geschäftsessen und er wirkte schon beim Gehen nervös deswegen. Jeff gab ihm gute Ratschläge mit – versicherte ihm auch, dass es okay war, wenn er nicht direkt dort mit den Veränderungen begann. Er sollte das in seinem Tempo machen. Und wenn er zwischendurch etwas loswerden musste, sollte er auf die Toilette oder nach draußen gehen und ihn anrufen oder ihm schreiben. Er würde sich bereithalten.

Ein Kuss und eine feste Umarmung, dann war Haydn fort und Jeff blieb in seiner Wohnung zurück. Zuerst räumte er ein bisschen auf – nicht, ohne an dem Kissen zu schnuppern, das Haydn benutzt hatte ... sein Geruch hing noch daran. Später saß er da, starrte sein Handy an und wünschte Haydn aus der Ferne Glück. Er hatte keine Ahnung, wie diese Geschäftsessen normalerweise abliefen, aber er stellte sie sich sehr langweilig und langatmig vor – vor allem für jemanden, der sowieso schon das Gefühl hatte, ständig beobachtet und beurteilt zu werden und ja niemals aus der Rolle fallen zu dürfen. Hoffentlich war es nicht ganz so schlimm.

Okay, denk nicht nur über ihn nach, du hast ja auch deine Baustellen, sagte er sich und blickte nachdenklich aus dem Fenster. Es schadete ja nicht, wenn er zumindest mal recherchierte, welche anderen Stellen es momentan gab, die infrage kamen. Noch würde er sich nicht bewerben, aber er konnte sich einen Überblick verschaffen. Das war nützlich und es lenkte ihn ab.

Mittags aß er eine Kleinigkeit – großen Hunger hatte er nicht – und setzte sich dann direkt wieder an den Laptop, um Jobangebote zu wälzen. Natürlich stolperte er dabei über alle möglichen Ausschreibungen und sinnierte eine Weile darüber, ob er damals nicht doch lieber in Richtung soziale Arbeit hätte gehen sollen. Mit einem Seufzen schob er den Gedanken beiseite. Wäre er nicht diesen Weg gegangen, den er gegangen war, hätte er Haydn wohl nie getroffen. Es war schon gut so. Das Leben bot hunderte solcher Abzweigungen und den perfekten Weg gab es einfach nicht. Es gab nur Pfade mit unterschiedlichen Herausforderungen, unterschiedlichen Begegnungen und noch mehr unterschiedlichen Abzweigungen.

Diesen einen kurzen Videoausschnitt aus einer Fernsehreportage würde er nie vergessen. Es war eine kurze Sequenz, aufgenommen von irgendeinem Reporter. Nur vier Sekunden. Ein Blick auf den schlimmen Verkehrscrash, in dem seine Eltern gestorben waren. Dieser Film streifte immer mal wieder seine Gedanken, manchmal in völlig zufälligen Momenten. Jetzt lag es wohl daran, dass er über seine Lebensentscheidungen nachdachte. Hätten sie sich damals anders entschieden, wären zu einer anderen Zeit losgefahren, nur Minuten später oder früher, hätten sie wahrscheinlich noch gelebt und er wäre jetzt ganz woanders. Er hätte nie die unangenehmen Erfahrungen bei seiner Tante gemacht – aber er hätte auch Eddy nicht retten können.

Seufzend lehnte Jeffrey sich auf dem Stuhl zurück und fuhr sich mit den Händen übers Gesicht. Das Leben war schon ein kompliziertes Spiel.

Und es hat Spuren bei dir hinterlassen.

Ja, und zwar auch solche, denen er bisher nur wenig Beachtung geschenkt hatte. Zweifelnd betrachtete er die App, in der sich seine beruflichen und privaten Chats befanden. Eddy, der alte Chat mit Ethan, den er noch nicht archiviert hatte, Arbeitskollegen, die ihm manchmal schrieben, um Urlaubstage abzusprechen ...

Er musste wieder an die Frage nach dem Weihnachtsabend denken. Im Club tanzen, na klar. Seufzend legte er das Handy auf den Tisch und blickte es eine Weile zweifelnd an, als könne es ihm eine Antwort auf die Frage geben, die er sich noch nie so wirklich gestellt hatte: War es nicht an der Zeit, sich wieder mehr zu öffnen? Für Freundschaften?

War es nicht an der Zeit, auch wieder Gespräche mit Frauen zuzulassen, die nicht seine Nachbarn oder Kollegen waren? Früher hatte das gut funktioniert. Wenn er sich das jetzt für den Rest seines Lebens vermiesen ließ, weil seine Tante übergriffig war, dann war er definitiv kein gutes Vorbild.

Und es würde ihm auch helfen, insgesamt ausgeglichener zu sein. Es war wunderschön, so viel Zeit für Haydn zu haben, für eine neue, aufregende, wachsende Beziehung ... aber es konnte auch schädlich für sie beide werden, wenn er niemand anderen hatte und sich sein ganzes Leben nur um Haydn drehte. Auf jeden Fall wäre es gesünder, auch einige andere gute Kontakte zu haben. Und die sollte er sich aufbauen. Jeff nickte sich selbst zu und stand auf. Er würde irgendwo hingehen, wo er Menschen treffen konnte. An einen Ort, das ausnahmsweise kein Gay Club und auch nicht die Kanzlei war.

Das Handy würde er natürlich mitnehmen und im Auge behalten, falls Haydn ihn brauchte. Und währenddessen würden sie beide unabhängig voneinander an sich arbeiten. Das fühlte sich gut an.

Und das habe ich dir zu verdanken, dachte er lächelnd. *Ohne dich hätte ich das sicher nicht so bald in Angriff genommen. Wenn überhaupt.*

KAPITEL 27 – HAYDN

ADRENALIN SCHOSS DURCH seine Venen, als er die Schwelle des Restaurants übertrat. Zu Hause hatte er minutenlang mit sich selbst darüber debattiert, was er tragen sollte. Ein Teil von ihm wollte sofort Jeffs Ideen umsetzen, der andere fürchtete sich, zu schnell zu weit zu gehen.

Jetzt trug er unter seinem absolut langweiligen, aber hochseriösen, Anzug eine türkise Unterhose. Er liebte diese Farbe einfach und zu dem Hemd hatte er sich nicht durchringen können. *Selbst wenn die jemand sieht*, sagte er sich im Stillen immer wieder, *ist das eine viel zu unspektakuläre Kleinigkeit, um auch nur einen zweiten Gedanken wert zu sein. Du hast einfach nur eine Unterhose an, die nicht grau oder blau ist.*

Und doch fühlte es sich beinahe wie ein rebellischer Akt an. Wie ein Riss im Kostüm oder ein Sprung in der Maske. Wie ein Lichtstrahl, der durch einen dicken Panzer fiel.

Seine Nervosität verflog schon nach wenigen Minuten am Tisch. Natürlich bekam niemand etwas mit und entsprechend blieben auch die urteilenden Blicke aus. Er hatte ein Stückchen von sich selbst mitgebracht und es war ein guter Anfang.

Haydn merkte, dass selbst diese Kleinigkeit etwas änderte. Wenn er merkte, dass der Druck zu groß wurde, tastete er unauffällig hinter sich und berührte den Saum. Später schrieb er Jeff, wie dankbar er ihm für seine Ideen war und dass es gut funktioniert hatte.

Am Montag brachte er eine seiner Glasfiguren mit ins Büro. Er transportierte sie in einer Tasche seines Jacketts und packte sie still und heimlich am Schreibtisch aus. Es war natürlich nicht verboten, einige private Gegenstände an den eigenen Arbeitsplatz zu stellen – auf den meisten Tischen standen kleine Bilderrahmen oder Basteleien der eigenen Kinder. Turner hatte einen Sportpokal in einer Vitrine neben seinem Schreibtisch deponiert.

Dennoch war das für ihn etwas Neues. Bis auf das Foto seiner Eltern gab es hier nichts Individuelles. Jetzt änderte sich das.

Er hatte einen Pfau ausgewählt. Eine wirklich kunstvoll gearbeitete Figur. Haydn hatte sich früher gerne Videos davon angesehen, wie Glas geblasen wurde. Er fand es faszinierend, wie die Formen entstanden und wie die Farben sich ausbreiteten und wie präzise diese Handwerker vorgehen mussten. Dazu kam, dass Glas ein so filigranes Material war ... für ihn viel spannender als Edelsteine.

Entschlossen stellte er den Pfau auf den Sockel seines Monitors, sodass er genau in der Mitte sein Rad schlug und alles andere als versteckt wirkte. Ihm kam das vor wie ein lauter Ruf, den er in die Welt hinaus sandte: Ich traue mich, mich zu zeigen. Natürlich war es alles andere als das. Es war nur ein Flüstern. Aber immerhin traute er sich nun überhaupt, sich auszudrücken.

Und vielleicht hatte Jeffrey Recht: Wenn er sich sicherer fühlte, könnte er immer weiter gehen. Er könnte irgendwann das türkise Hemd tragen. Aber es musste nicht alles auf einmal sein. Schritt für Schritt.

Zufrieden schaute er den Pfau an und machte sich dann an die Arbeit. Als Jeffrey an diesem Tag in sein Büro kam, winkte er ihn kurz zu sich, hinter den Schreibtisch. Die Augen seines Freundes wurden groß, als er das Möbelstück umrundete und

Haydn musste grinsen. Wahrscheinlich malte er sich gerade ganz andere Sachen aus. Einen Blowjob unterm Schreibtisch oder so etwas vielleicht ... aber er wollte ihm nur die Figur zeigen. Als er darauf deutete, lächelte Jeffrey. Er wirkte nicht enttäuscht, sondern aufrichtig erfreut und nickte ihm zu.

»Gute Arbeit«, sagte er dann und Haydn konnte sehen, dass er ihn geküsst hätte, wenn er könnte. Sie beließen es bei sehnsüchtigen Blicken und machten dann beide mit ihren Aufgaben weiter. Aber es war eindeutig besser. Besser als letzte Woche.

Endlich wurde das Schloss ausgetauscht und Haydn fiel das Heimkommen nun wieder leichter. Er hatte nichts mehr von Zac gesehen oder gehört und auch seine Nachbarin Lynette hatte nichts weiter erwähnt.

Zu Hause zog er immer als erstes sein Büro-Outfit aus und schlüpfte in bequeme Klamotten, die er nun auch nicht mehr so sehr danach auswählte, ob sie besuchstauglich wären. Es ging jetzt eher um Farben und die Beschaffenheit der Stoffe. Er wollte sich wohlfühlen – das stellte er nach und nach an die erste Stelle.

Und er merkte den Unterschied. Jeffrey hatte einfach Recht. Der Mann wusste, wie man für andere sorgte und auch, wie man sich selbst pflegte und hegte. Haydn setzte sich den Teddybären auf den Schoß und lehnte sich mit einem Buch auf dem Sofa zurück. Jeden Abend gönnte er sich ein bisschen Littlezeit, tauchte mal mehr mal weniger tief in diese andere Welt ab.

Wenn es ging, lud er Jeff zu sich ein. Mit ihm neben sich kam ihm alles noch etwas besser vor, noch entspannender, noch sicherer. Sie spielten zusammen Memory, er baute Legomodelle, die Jeff ihm mitbrachte, oder machte sich über weitere Seiten des Malbuches her.

Danach hatten sie meistens Sex und es war jedes Mal so wahnsinnig gut, dass alles in ihm kribbelte, wenn er nur daran dachte. Haydn fragte sich, ob das auch etwas mit dem Ablauf zu tun hatte ... ob er die Gefühle vielleicht intensiver wahrnahm, wenn er vorher in seinen Littlespace abgetaucht war. Das Internet konnte dazu keine abschließende Auskunft geben – diese Dinge wurden von allen Menschen unterschiedlich wahrgenommen. Aber am Ende war es auch egal. In jedem Fall liebte er sein Leben, so wie es im Moment war.

Jeden Tag fühlte er sich ein bisschen mutiger und trug nun nicht mehr nur rebellische Unterwäsche, sondern wagte sich zu den Krawatten vor. Jeff hatte ihm ein türkises Exemplar geschenkt, das bestens dafür taugte. Der Stoff war nur einfarbig und damit durchaus noch seriös genug für die Kanzlei, aber die Farbe fiel eben vollkommen aus dem Raster des Schwarz-weiß-grau (und ganz selten mal Dunkelblau oder Dunkelrot).

Natürlich gab es auch dafür keine negative Kritik. Er konnte einfach weitermachen und seine Fortschritte genießen. Die Zufriedenheit, die er daraus zog, wandelte sich in eine innere Ruhe und neues Selbstbewusstsein um, in eine Stärke, die er auch in Verhandlungen zeigen konnte.

Turner und Baxter bemerkten das, und als sie ihn zu einem Gespräch unter sechs Augen baten, bekam Haydn erst Herz-flattern vor Angst, negativ aufgefallen zu sein ... nur um dann für sein starkes Auftreten gelobt und bewundert zu werden.

Er hatte es auch geschafft, mit Jeff über die Zukunft zu reden. Es war ganz leicht gewesen, denn es stellte sich heraus, dass Jeffrey selbst schon darüber nachgedacht hatte und verschiedene Szenarien durchspielte. Ob er die Kanzlei verlassen würde, war zwar noch nicht final entschieden worden, aber zumindest spra-chen sie darüber und planten gemeinsam, wie es weitergehen sollte.

Alles lief also ganz hervorragend.

Bis zu jenem Morgen wenige Tage vor Heiligabend.

KAPITEL 28 – JEFFREY

E S WAR EIN friedlicher Sonntagmorgen gewesen. Nach dem Aufwachen hatte er den verschlafenen Haydn lange im Arm gehalten, ihm kleine Küsse auf die Stirn gedrückt und sie hatten über alles Mögliche geredet, zum Beispiel, was sie in der Nacht geträumt hatten – wildes Zeug meistens. Haydns Unterbewusstsein spuckte manchmal die verrücktesten Fantasien aus und es gab eigentlich immer etwas zum Schmunzeln. Manchmal kam er sogar auch in diesen Träumen vor.

Jeffs eigene Träume waren da etwas weniger überraschend ... meistens kreisten sie um die Arbeit oder um Haydn. Manchmal suchte ihn auch seine Vergangenheit heim und er erwachte dann erleichtert, aber auch ein wenig niedergeschlagen.

Wenn das passierte, war Haydn zur Stelle, um ihn mit Küssen und lieben Worten wieder aufzubauen. Es war perfekt zwischen ihnen, auch wenn er noch zögerte, Haydn alle Details zu erzählen. Seine eigene Geschichte hatte er noch zurückgehalten, damit Haydn sich im Fokus ihrer beider Aufmerksamkeit wohlfühlen konnte. Es gab da einiges aufzuholen, fand Jeff. Er selbst hatte schon vieles verarbeitet.

Irgendwann waren sie aufgestanden, hatten sich frischgemacht, sich angezogen und an den Tisch gesetzt. Kaffeeduft

147

hing in der kleinen Küche und Jeff musterte glücklich die Pancakes, die gleich den Weg auf seinen Teller finden würden ...

Das Klingeln kam unerwartet.

Haydn und er tauschten einen verwunderten Blick. Seit er hier hin und wieder übernachtete (meist an den Wochenenden), hatte noch nie jemand am Sonntagmorgen geklingelt.

Es dauerte einen Moment, bis aus den überraschten Mienen besorgte Mienen wurden. Jeff konnte förmlich sehen, wie Haydn sich an Zac erinnerte und wie ihn das in Alarmbereitschaft versetzte.

Sie standen gleichzeitig vom Tisch auf, so plötzlich, dass das Geschirr leise klirrte. Er würde Haydn sicher nicht alleine zur Tür gehen lassen. Vielleicht wäre es sogar besser, wenn er öffnete? Sollten sie so tun, als sei Haydn längst ausgezogen? Sein Name stand zwar noch auf dem Briefkasten, aber ...

»Und ich dachte, ich bin ihn los«, murmelte Haydn. Er schien bereits sicher zu sein, dass Zac vor der Tür stand.

»Dann sorgen wir jetzt dafür, dass er wegbleibt«, sagte Jeff und krempelte sich die Ärmel nach oben.

Haydn fasste ihn am Arm. »Ich möchte keine Aufmerksamkeit auf die Sache lenken«, erinnerte er ihn leise.

Was Jeff in diesem Moment dachte, ging in die Richtung von: Wir arbeiten beide im Rechtssystem und sollten es doch eigentlich schaffen, eine Leiche so verschwinden zu lassen, dass niemand uns etwas anhängen kann, oder?

Was er sagte, war: »Ich weiß. Ich werde mich für dich zurückhalten. Aber irgendwie müssen wir ihn verscheuchen. Du willst ihn nicht sehen und mir soll er auch aus dem Blickfeld bleiben.«

Sie gingen zur Tür und Haydn warf einen kurzen Blick durch den Spion. An der Art, wie er sich sofort versteifte, erkannte Jeff, dass die Vorahnung stimmte. Er sah Haydn fragend an und schob sich dann ein wenig vor ihn, ehe er die Tür öffnete. Dieser Kerl würde nur über seine Leiche an Haydn heran oder in die Wohnung kommen. Aber sie mussten wohl mit ihm reden. Irgendetwas schien ja noch ungeklärt zu sein, sonst würde der Kerl nicht schon wieder hier auftauchen.

Jeff baute sich so groß und breit wie möglich im Türrahmen auf und war froh, zu sehen, dass Zac nicht nennenswert größer war als er.

Der Typ war also etwa 1,82, dunkelhaarig und eher drahtig als bullig zu nennen. Jeffrey glaubte, es im Ernstfall mit ihm aufnehmen zu können. In den Augen seines Gegenübers spiegelte sich für einen kleinen Moment milde Verwirrung, ungefähr so, wie in einem Prozess bei der Gegenseite, wenn Haydn ein Ass aus dem Ärmel zog.

»Haydn«, sagte Zac und schaute einfach an ihm vorbei. »Morgen.«

Jeff schob sich noch deutlicher in den Weg.

»Nenn dein Anliegen«, sagte Jeff kühl. Er wollte den Kerl so schnell wie möglich in die Flucht schlagen. Jetzt erst wanderte der Blick aus den braunen Augen zu ihm. Zac musterte ihn abschätzend.

»Sind das offizielle Überstunden?«, fragte er dann und schaute wieder zu Haydn, dieses mal mit einem hässlichen Grinsen im Gesicht. »Sich den Assistenten nach Hause zu bestellen hat schon was. Sich von ihm ficken zu lassen noch mehr.«

Jeff hörte Haydn hinter sich schlucken und verengte die Augen.

»Fürs Protokoll: Dein Anliegen ist, dich wie ein Wichser zu verhalten und andere Leute am Sonntagmorgen zu belästigen. Korrekt?«

Das Grinsen seines Gegenübers wurde noch breiter und er wagte es, einen halben Schritt nach vorn zu machen, sodass sich ihre Körper gefährlich annäherten. Jeff war bereit, seine Faust in Zacs Magen schnellen zu lassen, aber er hielt sich zurück. Haydn wollte Ärger vermeiden, also würde er sicher nicht derjenige sein, der den Anfang machte, falls es so weit kam.

»Ich bin hier, um Haydn noch eine Chance zu geben.«

Beinahe hätte Jeff gelacht, so absurd war dieses Ansinnen.

»Danke, kein Interesse«, kam es von hinten. Haydns Stimme war beherrscht und fest, aber Jeff hörte das Brodeln darin.

»Geh«, sagte Jeff.

»Aber ich habe doch noch gar nicht erklären können, warum das so ein gutes Angebot ist«, erwiderte Zac mit gespielter Beleidigung. »Ein guter Anwalt sollte über alles im Bilde sein, was es über einen Fall zu wissen gibt. Zum Beispiel sollte er sich im Klaren darüber sein, dass ich Beweismaterial habe. Filmaufnahmen, die zeigen, wie er mit seinem Assistenten zugange ist. Mehrmals.«

Jeffs Kiefer mahlten. Der Kerl bluffte doch. Filmaufnahmen? Hatte er eine Kamera in Haydns Wohnung versteckt? War das der Zweck seines Aufenthaltes an jenem Tag gewesen? Ihm wurde heiß, aber er behielt die äußere Ruhe bei.

»Sollte derartiges Material tatsächlich existieren, würde es vor Gericht nicht anerkannt werden«, sagte Haydn.

Zac schnaubte. »Das Gericht sind deine Arbeitskollegen und die Leute draußen auf den Straßen. Wer soll mich aufhalten? Wenn die Bilder einmal in Umlauf sind, sind sie da, egal wer es mir danach verbieten will.« Gott, diese Selbstzufriedenheit kotzte ihn an. Seine Faust wollte wirklich sehr in Zacs Gesicht. Der Magen reichte definitiv nicht aus.

Dieser Wichser wollte Haydn tatsächlich erpressen. Mit angeblichen Kamera-Aufnahmen. Wenn er die wirklich hatte ... was würde Haydn ...

»Hau ab. Ich will dich nicht mehr sehen«, sagte der.

»Du darfst 48 Stunden darüber nachdenken. Ich bin ja kein Unmensch. Aber danach erwarte ich deine Antwort, Darling.«

Damit nickte Zac Haydn zu, blinzelte in Jeffs Richtung und zog von dannen.

Jeffrey knallte die Tür zu.

Haydn und er tauschten einen kurzen Blick. Dann ging die Suche los. Haydn schoss direkt ins Schlafzimmer und er selbst nahm sich das Wohnzimmer vor. Jeff hoffte wirklich auf eine haltlose Drohung, aber sein Gefühl sagte ihm, dass mehr dahinter steckte.

Selbstverständlich würde Haydn nicht zu Zac zurückgehen, aber wenn er etwas in der Hand hatte, mussten sie es ihm wegnehmen. Sie hatten so gute Fortschritte gemacht, Haydn war es sichtlich immer besser gegangen und jetzt warf dieser Wichser ihn wieder in ein Loch. Das war einfach nicht fair.

Mit fieberhaftem Blick tigerte er durch den Raum, suchte die Wände und Decken ab, schob Vorhänge beiseite und suchte im Bücherregal und neben Blumenvasen. Gleichzeitig hörte er Geräusche aus dem Schlafzimmer, die so klangen, als würde Haydn den ganzen Raum inklusive Möbel umwälzen.

Er fragte sich nur, was schlimmer wäre: wenn sie eine Kamera fänden oder wenn sie keine fänden? Hatte Zac nur Unruhe stiften wollen oder gab es tatsächlich etwas? Und falls es etwas gab, was war aufgezeichnet worden?

Konzentriert ging er die letzten Tage im Kopf durch. Sie hatten öfter Sex gehabt. Sowohl im Wohnzimmer als auch im Schlafzimmer. Zac würde reichlich intimes Material haben, falls er wirklich über eine Kamera hier drin verfügte. Verdammter Mist.

Inzwischen begann er seine zweite Runde im Raum. Wo wäre ein guter Ort für eine Kamera? Sie müsste so platziert sein, dass sie das Sofa im Blick hat ...

»Oh!« Jeff machte einen großen Schritt aufs Fenster zu, auf die Stelle, wo das Bücherregal sich anschloss. Hier. Die Kamera war nur so groß wie ein Knopf und passte farblich perfekt zur Einrichtung, sodass sie auf den ersten Blick fast unsichtbar war.

Zuerst stockte Jeff vor Fassungslosigkeit, dass der Kerl es wirklich getan hatte.

Dann fing er an zu lachen.

Schritte kamen aus dem anderen Zimmer näher.

»Was ist?«, fragte Haydn atemlos. »Hast du sie?«

»Ja.« Er deutete auf die Minikamera in der Ecke. Sie stand direkt hinter einer der größeren Glasfiguren und filmte auf deren breiten Rücken.

Haydn trat neben ihn und ging leicht in die Hocke, um sich die Sache näher anzusehen. Zweifel machten sich auf seinem blassen Gesicht breit. »Durch das Glas hindurch ... ich kann mir nicht vorstellen, dass er da überhaupt etwas aufnehmen konnte.«

Jeff nickte und berührte die Glasfigur.

»Warum hat er sie denn so hingestellt?«

»Hatte er nicht. Die Figur stand hier, als wir nach seinem Besuch in die Wohnung kamen«, sagte Jeff und schob sie zur Seite. »Du hattest sie hier drüben versteckt. Und ich habe sie vorgezogen, als ich zum ersten Mal hier war.«

»Du hast sie in den Weg gestellt? Ohne die Kamera zu bemerken?«

»Ich war so aufgeregt, überhaupt hier zu sein. Vielleicht habe ich das Ding für einen Temperatursensor oder so was gehalten.«

»So kann sie nichts aufgenommen haben«, sagte Haydn nochmal und hockte jetzt mit dem Gesicht genau in der Sichtlinie der Kamera.

»Das denke ich auch. Was machen wir jetzt damit?«

Haydn griff in das Regal und holte ein kleines Etui heraus. Vielleicht gehörte es zu einer der Glasfiguren. »Pack sie erst mal hier rein.«

KAPITEL 29 – HAYDN

NACH DEM SCHOCK würde ich am liebsten direkt wieder ins Bett kriechen«, gab er unumwunden zu und ließ sich in seinen Sessel sinken. »Aber schlafen könnte ich jetzt sowieso nicht.«

Jeff legte ihm eine Hand auf die Schulter und drückte sie sanft. »Auf seinen Aufnahmen ist nichts drauf.«

»Selbst wenn das stimmt ... er wird nicht locker lassen. Ich kenne ihn. Wenn er etwas will, dann holt er es sich notfalls mit Gewalt und Medikamenten.«

Verzweiflung wollte in ihm aufsteigen, ein bitteres Gefühl, das sich tief in seinem Magen zusammenbraute und seinen ganzen Körper schwach machte. Er hasste es. Er hasste es *so sehr.*

Ihm würde nichts anderes übrigbleiben, als Zac anzuzeigen. Mit der ganzen Geschichte zur Polizei zu gehen. Genau das, was er unbedingt hatte vermeiden wollen. Alle würden es erfahren. Sein schlimmster Moment der Schwäche und Hilflosigkeit würde vor der ganzen Stadt ausgebreitet werden.

Seine Finger krallten sich um die Armlehnen des Sessels, jeder Muskel in seinem Körper versteifte sich, während er sich das ausmalte.

Aber genau darauf spekulierte Zac. Darauf, dass er diesen Weg nicht gehen würde. Er wusste, er würde lieber stillhalten als das. Würde er das wirklich?

Noch während er so in seine kalten, giftigen Gedanken versunken war, schob sich ein Gesicht in sein Blickfeld. Jeffrey war vor ihm in die Hocke gegangen, nahm vorsichtig seine kalten Hände und streichelte sie mit seinen, die viel wärmer waren. Und er sah zu ihm auf, mit diesen hellen, freundlichen Augen, die immer Hoffnung verhießen.

»Ich werde mich darum kümmern, dass er dich in Ruhe lässt«, versprach er. »Überlass das mir. Ich bin dein Assistent und geübt darin, unerwünschte Leute aus deinem Leben herauszuhalten.«

Haydn lächelte dünn. »Unerwünschte Anrufer abzuwimmeln, ist etwas anderes.«

»Ich weiß. Aber ich werde es auch bei Zac schaffen. Vertrau mir.«

Das tat er. Er vertraute Jeff. Aber es fiel ihm schwer, sich vorzustellen, wie er Zac ruhigstellen wollte, ohne zu illegalen Mitteln zu greifen oder einen Riesenwirbel zu machen.

»Du weißt, dass ich keine Aufmerksamkeit auf die Sache lenken möchte«, begann er vorsichtig.

»Ich werde einen Weg finden, es so still und heimlich und rechtlich sauber zu machen, dass dir nichts passiert.«

»Das klingt zu gut, um wahr zu sein.« Langsam ging die Wärme von Jeffs Händen auch auf seine über. »Bist du sicher?«

»Ich bin sicher.«

Sie verbrachten den Sonntag noch bis zum Mittag gemeinsam. Dann verabschiedete Jeff sich und meinte, er müsse sich jetzt um ein paar Dinge kümmern. Dabei sah er sehr ernst aus und Haydn fiel es schwer, ihn gehen zu lassen. Auf seine Frage, wie genau er bei Zac vorgehen wollte, erwiderte Jeff, dass er nur mit ihm reden würde. Nur reden, das versprach er.

Die nächsten vierundvierzig Stunden waren die pure Anspannung. Der restliche Sonntag verging quälend langsam und am Montag erwartete Haydn fast, Jeffrey nicht mehr im Büro auftauchen zu sehen, weil Zac ihm irgendetwas angetan hatte – aber er war da und sah ganz normal aus.

Am Abend begleitete Jeff ihn zu seiner Wohnung und blieb noch eine Weile, ehe er aufbrach und am Dienstagmorgen sahen sie sich wieder im Büro. Man hätte fast meinen können, Zac existiere gar nicht mehr und er hätte das alles nur geträumt.

Die 48 Stunden waren inzwischen um und Haydn rechnete fest damit, dass Zac an diesem Abend wieder bei ihm aufschlagen würde. Doch er tat es nicht.

Auch am Mittwoch nicht und ebenso nicht an den restlichen Tagen der Woche. Ganz, ganz langsam entspannte Haydn sich und konnte sich wieder auf andere Gedanken konzentrieren. Jeff kam normal zur Arbeit, und egal wie lange Haydn ihn betrachtete: Verletzungen konnte er keine an ihm entdecken.

Jedes Mal, wenn er versuchte, Jeff darauf anzusprechen, was er mit Zac gemacht hatte, fragte der nur: »Welcher Zac?« Sein Grinsen verriet, dass es scherzhaft gemeint war, aber am Wochenende hielt Haydn die Ungewissheit nicht mehr aus.

Als Jeff ihm über die Schwelle seiner Wohnung folgen wollte, hielt er ihn auf, lehnte sich in den Türrahmen und forderte. »Du erzählst mir jetzt, was du gemacht hast, sonst kann ich heute Nacht nicht schlafen.«

Sein Freund lachte leise und nickte. »Und dann völlig übermüdet in die Feiertage starten? Na gut. Ich erzähle es dir.«

KAPITEL 30 – JEFFREY – VERGANGENE WOCHE

NERVOSITÄT BRODELTE IN ihm, als er Haydn das Versprechen gab, aber er wusste, dass er es halten würde. Der Weg, den er vor sich sah, würde ihn Überwindung kosten, aber er lag so klar und deutlich da, dass es beinahe schicksalhaft wirkte.

Er verließ Haydn an diesem Sonntag mit Entschlossenheit und dem Wissen, dass er für sie beide etwas Gutes tun konnte, indem er die Sache in die Hand nahm.

Glücklicherweise war der Terminplan einer gewissen Person auf seiner Seite.

Jeff fuhr den ganzen Weg mit einem Mietwagen, weil er die Tour seinem eigenen Auto nicht zutraute. Er erreichte die Stadt in der Abenddämmerung, die sich wie ein blauvioletter Vorhang über die Gebäude senkte.

Es war eine mittelgroße Siedlung mit rechteckigen, klobigen Häusern und Flachdächern. An jedem Laden hing ein Schild, viele davon bemalt, und es gab eine Menge Grünpflanzen in großen Kübeln. Insgesamt war der Flair des Örtchens ein ganz anderer. Eine angenehme Abwechslung ... aber gleichzeitig auch eine unerwünschte Erinnerung an früher. In genau so einem Ort hatte er mit seiner Tante gewohnt.

Jeff schluckte die dunklen Erinnerungen herunter und stieg aus. Bis zu der Buchhandlung waren es nur noch wenige Schritte und durch die hell erleuchteten Fenster konnte er bereits erahnen, dass die Veranstaltung gut besucht war

Bestimmt an die hundert Menschen drängten sich in dem Buchladen. Es war warm hier und gut gelauntes Gemurmel lag in der Luft. Außerdem duftete es nach süßem Gebäck und Kaffee.

Die Frau, die vorn auf der Miniaturbühne auf einem Stuhl saß, war um die sechzig. Ihr Haar war von einem warmen Blond und hinten hochgesteckt. Vorn umspielten zwei glänzende Strähnen ihr freundliches Gesicht. Sie trug eine moderne Brille und dazu ein offenes Lächeln.

Bis auf die Haarfarbe schien sie nur wenig mit Zac gemeinsam zu haben und zum Glück auch nicht mit seiner Tante, die dunkelhaarig gewesen war und eine ganz andere Ausstrahlung besessen hatte. Dennoch – sein Körper reagierte mit Alarmbereitschaft.

Und sie war ja nicht die einzige Frau hier. Tatsächlich schienen zwei Drittel der Besucher Frauen zu sein. Viele hielten mindestens ein Buch auf dem Schoß. Jeffrey fühlte sein Herz angestrengt klopfen, als er sich für die Lesung und den Vortrag niederließ.

Du hattest doch sowieso den Vorsatz, dich Frauen wieder anzunähern – hier ist deine Chance. Keine von denen wird dir etwas tun.

Er sprach sich selbst Mut zu und klammerte sich an sein Vorhaben. Er tat das hier für sie beide. Für Haydn und für sich selbst.

Es gelang ihm trotz seiner Aufregung, den Worten von Misses Keaton zu folgen. Sie war Autorin und Coach und sprach in ihren Werken und ihrem Vortrag darüber, wie man glücklich und selbstbestimmt lebte. Wie man Grenzen setzte und negative Menschen und Glaubenssätze aus seinem Leben verbannte. Ihre Stimme war warm wie die einer lieben Mutter oder Großmutter und ihre Scherze brachten auch ihn bald zum Schmunzeln.

Auch wenn Jeff mit Lebensberatern grundsätzlich nicht so viel anfangen konnte, war ihm Misses Keaton sympathisch und der Ton, in dem ihre Bücher geschrieben waren, war unterhaltsam genug, dass man sie wahrscheinlich auch allein dafür lesen konnte.

Am Ende der Lesung wartete Jeff noch ein wenig auf seinem Platz und ließ anderen den Vortritt. Die junge Frau neben ihm umklammerte ihr Exemplar von Misses Keatons neustem Buch und schaute immer wieder zu ihm rüber.

»Sie ist toll, oder?«, sagte sie, sobald sie Jeffs Blick auffing. »Sie hat mir so viel Mut gegeben. Letztes Jahr ... und jetzt auch wieder.«

Jeff lauschte der dünnen Stimme seiner Sitznachbarin und konzentrierte sich darauf, nicht so verkrampft auszusehen.

»Das freut mich für Sie«, sagte er freundlich und nickte ihr zu. »Ich habe sie erst kürzlich entdeckt.«

Die junge Frau nickte ebenfalls, nur viel eifriger als er. »Sie ist wie die aufsteigende Sonne. Ich habe ihre Videos online entdeckt, du sicher auch? Sie verdient den Hype, der sich gerade aufbaut, absolut. Ich meine, sie ist so authentisch!«

Dass ihr Name gerade immer bekannter wurde, wusste Jeff. Das war einer der Gründe, warum er sich sicher war, dass sein Plan aufgehen würde. Zum Glück stand seine Sitznachbarin jetzt auf und eilte nach vorn, um sich zum Signieren anzustellen.

Jeff verweilte noch einen Moment und atmete durch.

Dann fasste er Misses Keaton wieder ins Auge und sammelte sich. Er würde als Letzter zu ihr gehen, wenn möglichst schon alle anderen weg waren. Oder zumindest die meisten der Frauen.

Sein Herz wummerte, als er schließlich auf sie zuging, ein schüchternes Lächeln auf den Lippen und das Buch umklammert, das er sich zuvor vom Verkaufstisch genommen hatte. Die Autorin sah ihn freundlich an und nickte ihm bestätigend zu. Er kam näher. Sie deutete seine Aufregung wahrscheinlich als die eines Fans, der zum ersten Mal sein Idol trifft – für ihn ging es um die tiefsitzende Angst, die er nie so richtig zugelassen hatte.

Jetzt fühlte er sie deutlich, ließ sich darauf ein und setzte doch seinen Plan in die Tat um.

»Hallo«, sagte er. »Ich bin Jeffrey.«

»Es freut mich, Sie kennenzulernen.« Misses Keaton lächelte und streckte die Hand nach dem Buch aus. Jeff gab es ihr und sah zu, wie sie es aufschlug und etwas auf die erste Seite schrieb. Eine Widmung für ihn natürlich.

»Darf ich das kurz auf Video aufnehmen?«, fragte er.

»Oh, natürlich, kein Problem.« Sie lächelte und schaute kurz zu seinem Handy. Jeff bedankte sich und startete die Aufnahme. Kurz filmte er, wie sie sein Buch signierte, und hielt das Telefon dann weiter locker in der Hand.

»Es ist so aufregend, Sie zu treffen«, erklärte er und jede Silbe war die reine Wahrheit. »Ich versuche auch auf meine Weise, anderen zu einem glücklicheren Leben zu verhelfen. Nur bei mir selbst fällt es mir schwer.«

Sie nickte verständnisvoll und reichte ihm das Buch. Er hielt es sich eng vor den Körper.

»Das geht vielen so. Wir können andere Menschen auch oft klarer sehen als uns selbst. Und wir können besser sanft zu anderen sein als zu uns selbst.«

Jeff atmete aus. Obwohl ihm sein Verstand glasklar sagte, dass hier keine Gefahr drohte und ja sogar ein Tisch zwischen ihnen beiden stand, wollte sein Puls sich nicht beruhigen. Schweiß lief ihm den Nacken hinunter. Aber er war hier noch nicht fertig. »Ich habe sexuelle Gewalt erlebt«, sagte Jeff. »Überlebt.« Er lächelte schief. »Und jemand anderen daraus gerettet.«

Sie neigte den Kopf, Mitgefühl sprach aus ihren Augen. »Es tut mir leid, zu hören, dass Ihnen das widerfahren ist.« Sie stieß ein Seufzen aus. »In meinem nächsten Buch möchte ich explizit über die Seite der männlichen Opfer sprechen. Sie wird meiner Meinung nach zu selten thematisiert. Weil es so extrem schambelastet ist.«

»Am schlimmsten war daran für mich, dass die Person aus meinem engsten familiären Umfeld kam.« Es kostete Überwindung, aber jedes Wort war ein weiterer Schritt nach vorn. »So etwas ist schwer zu verdauen und noch schwerer zu verzeihen. Und das macht es auch für das Opfer schwieriger, weil man noch mehr befürchtet, nicht glaubhaft zu sein. Wer will schon seine eigene Schwester oder den eigenen Sohn als Vergewaltiger sehen?«

Er sah ihr fest in die Augen und war erleichtert, Misses Keaton mit Nachdruck nicken zu sehen. »Es ist ein sehr komplexes Feld voller emotionaler Krater«, stimmte sie ihm zu. »Ich finde es wichtig, den Opfern zuzuhören und sie nicht aus Reflex anzuzweifeln. Natürlich ist der Zusammenhalt einer Familie ebenfalls fundamental, aber … ich leite daraus keine absolute Erhabenheit ab. Jeder Mensch ist im Stande, schlimme Dinge zu tun. Leider. Davor sollten auch Schwestern und Mütter niemals die Augen verschließen.«

Das war das, was er hatte hören wollen.

»Vielen Dank, Misses Keaton. Das hat mir wirklich viel gegeben.« Er lächelte und hob das Buch ein wenig an. »Danke für alles. Und grüßen Sie Ihren Sohn von mir.«

»Meinen Sohn? Kennen Sie Zacharias?«

»Nur flüchtig, aber wir wohnen in derselben Hälfte der Stadt.«

»Ach, wie schön. Die Welt ist klein, nicht wahr?«

Die Welt war wirklich klein und im Moment fand Jeffrey das äußerst vorteilhaft. Als er wieder zu Hause ankam, war es kurz nach Mitternacht und er duschte lange und ausgiebig, um den juckenden Schweißfilm loszuwerden, den seine Angst ihm beschert hatte.

Doch nach allem überwog die Siegesfreude. Er hatte nicht nur seine eigene, jahrelang gepflegte Grenze überwunden und sich heute mit gleich zwei fremden Frauen unterhalten, die nicht seine Arbeitskolleginnen waren – und er hatte das bekommen, was er sich erhofft hatte: Material, mit dem er Zacharias unter Kontrolle bringen konnte.

Wenn ans Licht käme – und sei es nur der bloße Verdacht – dass ausgerechnet der Sohn dieser warmherzigen, aufstrebenden Lebensberaterin und Autorin in einen Fall von sexuellem Missbrauch verwickelt war, wäre das schlimm. Aber darauf legte er es gar nicht an. Jeff vertraute darauf, dass es reichen würde, mit einer privaten Unterredung mit Misses Keaton zu drohen.

Nach allem, was er recherchiert hatte, wusste er, dass das Verhältnis der beiden recht innig war und Zac es vermutlich nicht riskieren wollen würde, vor seiner Mutter enttarnt zu werden. Es musste gar nicht an die Öffentlichkeit gelangen – die Macht der Mutterliebe reichte aus.

Das Video hatte er natürlich nur für Zac aufgenommen. Damit er gar nicht erst auf die Idee kam, sich darauf zu berufen, dass seine Mutter ihm zweifellos seine Story glauben würde, wie auch immer die aussah.

Wenn er Zac nicht vollkommen falsch einschätzte, würde er Haydn damit Frieden kaufen können. Morgen würde er Gewissheit haben.

Am Montagabend fuhr er von Haydn aus direkt zu Zac. Vielleicht hatte sein Körper den Angstvorrat noch nicht wieder aufgefüllt, vielleicht fühlte er sich aber auch einfach sicher, als er das Gebäude erreichte – auf jeden Fall war da kein Funken Unruhe in ihm, kein Hauch von Nervosität.

Er wusste, was er hier wollte und er wusste, dass er gut vorbereitet war. Er hatte das Buch mit der Widmung dabei, ebenso wie die Handyaufnahme und das Wissen in seinem Kopf.

Das Wohnhaus war nichts Besonderes. Ein grauer Klotz wie es hier viele gab. Jeff hatte das Glück, dass gerade einer der Bewohner herauskam, als er eintreten wollte, also fing er einfach die Tür ab und war drinnen. Zac wohnte direkt im Erdgeschoss.

Jeff klingelte bei ihm, stand aufrecht und atmete ruhig. Es half ihm, sich in dieser Angelegenheit ganz als Haydns Assistent zu sehen. Als jemand, der die Dinge regelte. *Es ist spannend,* ging es ihm durch den Kopf, *wie flexibel wir in unseren Rollen sind. Im Bett übernehme ich die Führung, auf der Arbeit ist er mein Chef und mir in allen Belangen überlegen, im restlichen privaten Alltag hält es sich die Waage, wobei Haydn mir körperlich eindeutig etwas voraushat ... und jetzt habe ich die Gelegenheit, ihn zu beschützen. Wenn man von außen auf uns schaut, kann man nie alle diese Ebenen sehen. Dieses Bild bleibt immer eindimensional.*

Die Tür ging auf und Jeff konzentrierte sich auf den Mann vor sich. Zac schaute ihn missbilligend und unverhohlen überheblich an. Dann streckte er den Kopf nach vorn und blickte auf dem Flur nach links und rechts als würde er sich vergewissern wollen, dass Haydn wirklich nicht dabei war.

»Er ist wirklich feige geworden«, sagte er dann und schnaubte. »Ich frage mich, warum er dich nicht mehr sehen will«, erwiderte Jeff ironisch. »Mir fällt gar kein Grund ein.«

»Tja, aber wer mir die Antwort überbringt, ist eigentlich auch egal. Ist bestimmt schlimm für dich, zu sehen, wie er zu mir zurückkommt. Du warst nur ein Lückenfüller für ihn.«

Jeff verkniff sich das Lachen. Dieser Mann lebte fern von jeglicher Realität.

»Er kommt nicht zurück. Wenn er könnte, würde er auf einen anderen Planeten ziehen. Und ich auch, ehrlich gesagt. Aber da das nicht geht, müssen wir uns anders einig werden.«

Zac wiegte den Kopf von links nach rechts und schien wirklich zu überlegen, was das bedeuten könnte. »Wollt ihr mir einen Dreier vorschlagen?« Er zuckte mit den Schultern, als sei das wirklich eine Option, die er in Betracht zog. »Meinetwegen darfst du zugucken.« Er musterte ihn von oben bis unten.

»Es wäre dir wirklich egal, oder? Es wäre dir egal, ob er nur aufgrund der Erpressung, die du hier versuchst, zu dir zurückkommt. Es wäre dir egal, ob er nur mit dir schläft, weil du ihn dazu zwingst. Wie kann man so ...« Er stieß den Atem aus. »Ich verstehe das nicht. Noch weniger, nachdem ich deine Mutter kennengelernt habe. Eine wirklich einfühlsame, warmherzige Frau.« Er hielt das Handy vor Zacs Gesicht und spielte das Video ab.

Sofort veränderte sich Zacs Ausdruck. Nicht nur sein Gesicht, seine ganze Haltung wurde anders. Die Selbstgefälligkeit fiel beinahe restlos von ihm ab. »Woher hast du ... was soll das?«

»Ich war bei ihrer Lesung. Wie sehr viele andere Menschen auch, strebe ich nach einem glücklicheren Leben.« Jeff lächelte. »Hör zu, was sie sagt.«

Tatsächlich schwieg Zac und lauschte den Worten aus dem Handylautsprecher, verfolgte sichtlich angespannt das Geschehen auf dem Bildschirm. Dabei wurde er erst blass und dann rot. Es war ein interessantes Schauspiel.

Als es zu Ende war, schüttelte er den Kopf. Die Hände hatte er zu Fäusten geballt, öffnete sie aber krampfhaft, als er den Blick wieder auf ihn richtete. Jeff zeigte ihm das Buch.

»Wie du gesehen hast, habe ich ihr nichts über dich gesagt. Aber ich *könnte* es tun. Nämlich dann, wenn du Haydn weiterhin bedrängst. Irgendwie habe ich das Gefühl, dass sie mir zuhören würde. Was meinst du?«

Zac zog eine Grimasse, die Jeff kaum deuten konnte, aber es sah nach starkem Widerwillen aus. Sein Gegenüber holte hörbar Luft und für einen Moment war Jeff nicht sicher, ob der Kerl nicht doch die Flucht nach vorn antreten und ihm einen Kinnhaken verpassen würde, aber er rieb sich nur über die Stirn und fuhr sich durchs Haar.

»Das ist echt wie im Kindergarten, weißt du das? Petzen bei meiner Mum.«

»Lieber kindisch als kriminell«, konterte Jeff. »Dir scheint das nicht klar zu sein, aber was du getan hast, ist keine Lappalie, Zac. Jedes Gericht, das halbwegs bei Sinnen ist, würde dich als Vergewaltiger brandmarken.«

»Halts Maul.«

»Gerne. Dann bleib weg von Haydn. Und im besten Fall lässt du auch alle anderen in Ruhe, die *Nein* zu dir sagen.«

Jeff wartete noch eine Weile, aber sein Gegenüber schien nichts mehr zu sagen zu haben. Schon die letzte Erwiderung war ja wenig geistreich gewesen.

»Gut, also ist die Sache geklärt«, stellte Jeffrey fest und wandte sich zum Gehen. »Schönes Leben noch und liebe Grüße an deine Mum.«

KAPITEL 31 – HAYDN

NACHDEM JEFFREY IHM die Geschichte von dem Treffen mit Zacs Mum erzählt hatte, hatte er ihm auch von seiner Vergangenheit berichtet. Die Sache mit Jeffs Tante hatte ihn direkt ins Herz getroffen.

»Das hast du für mich getan?«, fragte er und rückte auf dem Sofa näher zu ihm heran. »Du hättest doch ... ich hätte doch selbst zu der Lesung fahren können.«

»Ich wollte das für dich übernehmen. Es hat mir geholfen, gleichzeitig mein eigenes Problem in Angriff zu nehmen. Wenn ich etwas für dich tue, fällt mir das leichter, als wenn ich es nur für mich mache.«

Haydn knetete den Plüschteddy, den er irgendwann im Verlauf der Erzählung in die Hand genommen hatte. Inzwischen war er schon gewöhnt daran, das Kuscheltier regelmäßig in seinen Fingern wiederzufinden. In Jeffs Gegenwart dachte er nicht mehr darüber nach, kontrollierte sich nicht.

»Du bist so mutig. Aber nimm nicht immer alles auf dich, okay? Ich bin auch noch da.«

Jeff nickte und erzählte dann die Geschichte zu Ende. Aufgrund der ruhigen Woche und dem Vorwissen, das er nun hatte, konnte Haydn sich den Rest bereits zusammenreimen. Der Plan lag auf der Hand und offenbar hatte Jeff voll ins Schwarze getroffen.

»Du beeindruckst mich immer wieder«, sagte er und küsste Jeffs glattrasierte Wange. »Wenn ich noch nicht verknallt in dich wäre, wäre ich es spätestens jetzt.«

»Doppelt verknallt hält besser.«

Sein Freund drehte sich zu ihm und begegnete seinen Lippen mit den eigenen. Aus den zärtlichen Liebkosungen wurde bald mehr und wie auf ein Zeichen hin, erwischten sich beide gleichzeitig dabei, dass sie zu der Stelle schauten, wo vor einer Woche noch die Kamera gewesen war.

»Ich glaube, wir werden niemals hier im Wohnzimmer Sex haben«, murmelte Jeff.

»Würde dich das stören?«

»Nein. Mir ist vollkommen egal, wo wir es machen. Obwohl ... ich schon einen besonderen Ortswunsch hätte. Falls du ihn hören möchtest.«

»Ist erfüllt. Irgendwie muss ich mich ja noch bei dir bedanken.«

»Sind wir da nicht etwas zu voreilig, Herr Anwalt? Du weißt doch noch gar nicht...«

Haydn lächelte. »Erstens habe ich da eine Ahnung. Und zweitens ich vertraue dir.« Jeff war zwar durchaus in der Lage, ihn zu überraschen, aber Haydn wusste, dass er nichts vorschlagen würde, das ihn in ernsthafte Gefahr bringen würde.

»Wollen wir gleich los?«

Für ihren nächtlichen Ausflug in die Kanzlei hatte er sich wieder in Schale geschmissen: Er trug teure Schuhe, Stoffhose und Jackett und dazu zum ersten Mal offiziell das türkise Hemd mit Krawatte. Warum sollte er nicht die Gelegenheit nutzen?

Haydn saß in seinem Büro. Die Räumlichkeiten waren leer und still. Keine Menschen, keine Anrufe. Um diese Zeit war natürlich niemand mehr hier und es war Wochenende. Wer noch zu arbeiten hätte, der wäre einfach länger geblieben. Sie hatten die Etage für sich und ihr Spiel.

Um es überzeugender zu machen, hatte Haydn den Computer hochgefahren und tippte ein bisschen in einem unwichtigen Dokument herum. Er wartete geduldig, angespannt, voller Vorfreude, und ihn erfüllte immer noch die Erleichterung über die Dinge, die sie gemeinsam erreicht hatten. Er war frei. Und vor ihm lag ein Leben mit weniger Masken und weniger Fesseln. Ein Leben mit Jeffrey, wenn der das ebenfalls wollte. Himmel, der Gedanke kribbelte in seinem Magen.

Irgendwann klopfte es an der Tür und er bat seinen Assistenten herein. Natürlich trug auch er angemessene Kleidung und spielte seine Rolle. Er informierte ihn über eine Terminverschiebung in seinem Kalender.

»Könnten Sie noch etwas anderes für mich erledigen?«, fragte Haydn dann.

»Natürlich.« Jeffrey sprach in seiner Assistentenstimme. Ruhig und ein wenig unterwürfig.

Haydn bedeutete ihm mit einer Geste, dass er um den Tisch herum kommen sollte, was Jeff auch sogleich tat. Natürlich wusste er sowieso, was passieren würde, aber wenn sie schon spielten, dann wollten sie es auch beide überzeugend machen.

»Was gibt es denn?«, hakte Jeff nach und warf einen Blick auf die Papiere auf dem Tisch, dann auf den Bildschirm, als suche er nach einer Aufgabe.

Haydn stand von seinem Stuhl auf und öffnete seine Hose. Sein Herz schlug schneller, als wäre die Situation echt. Als wäre er kurz davor, seinem Assistenten ein unmoralisches Angebot zu machen, hier mitten im Büro.

»Ich möchte, dass Sie sich hierum kümmern«, sagte Haydn. »Diskret natürlich. Und jetzt sofort.«

Jeffrey leckte sich über die Lippen. Sein Gesicht wirkte erhitzt im fahlen Licht der LED-Röhren. »Natürlich.« Er sagte es genau so, wie er immer auf seine Aufgabenstellungen antwortete. Dieses seriöse, abgeklärte 'natürlich'.

Haydn zog die Hose herunter und entblößte seinen halbsteifen Schwanz. Jeffrey ging vor ihm auf die Knie. Langsam. Andächtig. Den Blick intensiv auf ihn gerichtet. Dann legte er eine Hand an seine Hüfte und die andere an seine Eier. Warmer Atem brandete gegen seine Eichel. Vorfreude kribbelte in seinen Oberschenkeln, während Haydn hinabschaute und seinen Assistenten dabei beobachtete, wie er sich ihm näherte. Wie heiße, weiche Lippen seinen Schaft umschlossen.

Hingebungsvoll fuhr die Zunge seines Angestellten über die Unterseite seines Schwanzes. Er nahm ihn tief in sich auf, ließ ihn den zarten Gaumen spüren und bewegte den Kopf in einem verlockenden Rhythmus vor und zurück. Haydn erlaubte sich ein langgezogenes Stöhnen. Sein Schwanz wuchs schnell auf die volle Länge an und füllte Jeffreys Mund weiter aus.

Feuchte, schmatzende und saugende Geräusche kamen von unten.

Haydn legte beide Hände um die Tischkante, gegen die er sich gleichzeitig drückte. Es war wirklich noch geiler, Jeff hier vor sich knien zu sehen, und es kam ihm auch vor, als würde er noch mehr Gas geben als sonst schon.

Seine Kehle war heiß und eng und lockte ihn immer wieder. Haydn fing an, zuzustoßen, sachte zwar, aber es kam ihm wahnsinnig grob und vulgär vor. Jeffrey ließ es ihn tun, verwöhnte ihn weiter. Bestimmt hatte er selbst schon eine ziemlich prall gefüllte Hose.

»Das genügt«, sagte Haydn und Jeffrey stoppte. Er entließ ihn aus seinem Mund. Kleine Speichelfäden lösten sich auf.

Kühle Luft umhüllte seinen pochenden Schwanz. Haydn schob die Papiere hinter sich beiseite und setzte sich auf den Tisch.

»Ich hoffe, Sie haben noch Kapazitäten für den zweiten Teil der Aufgabe.«

»Ich bereite sofort alles vor.«

Jeffreys geschäftsmäßiger Ausdruck ließ Haydn schmunzeln. Er beobachtete diesen wunderbaren Mann dabei, wie er seine Hose öffnete, sich ein Kondom über den Schwanz rollte und dann eine Tube Gleitmittel aus dem Jackett hervorzauberte.

Schnell waren zwei feuchte Finger zwischen seinen Beinen und verteilten das kühle Gel an seinem Eingang. Jeffrey ging gewissenhaft vor, beeilte sich aber auch – er erledigte die Aufgabe also genauso sorgsam, wie alles andere, das man ihm anvertraute.

Dann kam er näher an ihn heran. Die Berührung seiner Hände an seinen Oberschenkeln ließ warme Schauer über seinen Rücken regnen. Sanfter Druck. Haydn öffnete sich weiter für ihn.

Dann spürte er seine Eichel.

»Soll ich beginnen?« Gott, er machte das so gut. Immer noch ganz in der Rolle. Dieses ernste Gesicht. Haydn konnte nur bewundernd zu ihm hinauf schauen.

»Ja. Ficken Sie mich.«

Jeffrey glitt mit einem einzigen, festen Stoß in ihn hinein. Haydns Kopf fiel in den Nacken und eine Welle aus Lust und Begehren brach über ihm. Er war bereit, da war kein Funken Schmerz, aber er hatte nicht damit gerechnet, dass es sich so intensiv anfühlen würde. Jeffs Stöße brachten sein Inneres um Glühen und Pochen, taten so unfassbar gut wie das Kratzen einer Stelle, die seit Stunden unnachgiebig juckte.

Er brauchte diesen Mann tief in sich, immer wieder.

Jeff beugte sich über ihn und Haydn ließ sich weiter auf die Tischplatte sinken. Er spürte die Tastatur irgendwo in seinem

Nacken, aber es war egal. Gierige Zähne gruben sich in seinen Hals, hastige Küsse wanderten über seine Kieferlinie. Heißes Keuchen drang an sein Ohr. Haydn schloss seine flatternden Augenlider und vergrub die rechte Hand in Jeffreys Haaren.

Die zitternde Stimme seines Assistenten und die immer schneller, immer fahriger werdenden Bewegungen ... die Botschaft war eindeutig. Jeff war kurz davor, aber er wollte den Moment ausdehnen, länger davon kosten.

Haydn schob die freie Hand zwischen ihre Körper und rieb seinen eigenen Schwanz im Takt von Jeffreys Stößen. Bilder schossen ihm durch den Kopf; die Außenansicht ihrer Körper. Anwalt und Assistent, ein schneller Fick auf dem Schreibtisch. Krawatten und ordentlich geknöpfte Hemden, offene Hosen. Stöhnen und Papierrascheln und Hände, die nach Halt suchten.

»Ich komme.« Raues Keuchen an seinem Ohr.

»Sehr gut«, gab Haydn zurück – ein Lob, das er im Büro öfter benutzte. Das konnte er sich nicht verkneifen.

Sein Schwanz zuckte in seiner Hand und Haydn gab sich den wohligen Schauern hin, die durch seinen Körper wogten. Im perfekten Einklang mit Jeffreys letzten Stößen. Ganz deutlich spürte er, wie sein Freund der eigenen Klippe näherkam und dann über die Kante fiel. Die Grobheit der letzten Meter, das Beben, dann die Entspannung, die nach und nach alle harten Muskeln weich machte.

Er liebte jede Sekunde davon. Jeff möglichst nahe bei sich zu haben, war in so vielen Momenten seines Lebens alles, was er sich wünschte und alles, was er brauchte, um sich gut zu fühlen.

Seine zufriedenen Atemzüge, sein Herzklopfen, das er sogar durch den Stoff hindurch spüren konnte, seine Hände, die jetzt wieder ganz sanft wurden.

»Gott, war das geil«, flüsterte Jeff und Haydn musste breit grinsen.

»Im Arbeitszeugnis werden wir es trotzdem nicht erwähnen.«

Beide lachten leise und erschöpft. Sie verharrten noch ein paar Momente ineinander, aufeinander, bis der Tisch zu unbequem wurde.

Es war ein bisschen seltsam, wieder in die Realität zurückzukehren, die Wände des Büros anzusehen. Die Welt konnte sich eben auch innendrin verändern. In einem selbst – für alle anderen nahezu unsichtbar. Wie viel sich in diesen Nächten im Büro verändert hatte, das wussten am Ende nur Jeff und er.

Sie nahmen das Kondom und auch allen sonstigen Müll mit nach Hause, um keine Spuren zu hinterlassen, ordneten den Schreibtisch, strichen ihre Kleidung glatt. Haydn musste das Jackett vor seinem Hemd zuknöpfen, aber der Stoff würde sich zu Hause gut auswaschen lassen.

Glücklich und müde verließen sie die Kanzlei und wenn sie jemand gesehen hätte, hätte er wohl gedacht, dass sie ein sehr wichtiges Projekt in ihren Überstunden abgeschlossen hatten.

»Kommst du morgen Abend wieder zu mir?«, fragte er Jeff, als sie auf den Parkplatz zuliefen.

»Morgen Abend ... ist Heiligabend«, erwiderte der.

»Ich weiß. Also?«

Jeff stutzte einen Moment. Dann schien er zu verstehen und sein Lächeln war noch schöner als sonst schon. »Ja. Ja, natürlich.«

EPILOG – JEFFREY

DAS GESCHENKPAPIER KNISTERTE nur so, während Haydn ein Paket nach dem anderen öffnete. Das Strahlen in seinen Augen war leuchtender als der Schmuck am Weihnachtsbaum oder die Lämpchen der Lichterketten, die im Wohnzimmer aufgehangen waren.

Jetzt war er sehr froh, dass er in den letzten Tagen noch einiges an Spielzeug gekauft hatte, auch als er noch dachte, sie würden Weihnachten nicht zusammen verbringen.

Haydn wendete gerade den Karton mit dem neuen Lego-Modell in den Händen und betrachtete ihn von allen Seiten. Standen da Tränen in seinen Augenwinkeln?

»Das ist das beste Weihnachtsfest seit ... Ich weiß nicht seit wann, Jeff. Vielleicht seit ich wirklich klein war.« Sie umarmten sich fest und er strich Haydn durch das schöne, weiche Haar.

Wahrscheinlich hatte er sich jedes Jahr so etwas hier gewünscht, es aber natürlich nie bekommen, weil kaum jemand darauf kam, einem erwachsenen Mann Kinderspielzeug zu schenken – höchstens im Scherz oder weil er als 'Nerd' bekannt war.

»Seit ich Anwalt bin, bekomme ich nur noch Krawatten, Kugelschreiber und Füllfederhalter. Es ist ein Graus.«

Jeff lachte. »Na gut, man muss kein Little sein, um das etwas eintönig zu finden.«

»Willst du deines nicht auspacken?«

»Doch, natürlich, aber ich wollte mich nicht, dass mich irgendetwas von deiner Freude ablenkt.«

Haydn legte ihm das Päckchen in die Arme. Das Papier war blau mit silbernen Sternen und der Inhalt fühlte sich weich an. Wahrscheinlich ein Kleidungsstück.

»Ist das ein Anzug? Kritik an meinem Aufzug im Büro?«, murmelte er scherzhaft und löste das Band. Dann riss er das Papier auf. Ehrlich gesagt vermutete er einen Pyjama, aber dann kam ein Weihnachtspullover zum Vorschein, einer von denen, die selbstgemacht und ein bisschen übertrieben aussahen. Aber dieser hier war trotzdem recht hübsch. Er war wie das Geschenkpapier größtenteils blau und weiß, mit einer Schneelandschaft verziert - und mit einem Schriftzug. *Bester Daddy.*

Jeff schmunzelte und sein Herz machte einen unerwarteten Hüpfer. Diese Art Pullover war offiziell natürlich anders gemeint, aber in ihrem Fall passte es auch. Und es bewegte etwas in ihm, das er vorher gar nicht so wahrgenommen hatte.

Es hatte ihn nicht gestört, dass Haydn ihn noch nie so genannt hatte. Wirklich nicht. Die Gewissheit, es zu *sein*, auch ohne Worte, hatte ihn bereits mehr als glücklich gemacht. Dennoch war das hier wunderschön.

Er musste kurz durchatmen. »Danke. Das ist mein schönster Pullover.« Er strich über die Wolle und drehte ihn sich dann so zurecht, dass er ihn über sein Hemd ziehen konnte. Ausprobieren, ob er passte.

»Perfekt«, kommentierte Haydn. »Du solltest nur noch das tragen.«

Jeff lachte und schaute an sich hinunter. »Nur noch das? Ohne Hose?«

»Mich würde das nicht stören.«

»Aber den Rest der menschlichen Gesellschaft.«

»Scheiß auf die.«

Sie lachten gemeinsam und Haydn schmiegte sich in seine Arme. Es war das schönste Weihnachten seit Langem. Nicht nur wegen der Geschenke. Einfach alles daran stimmte und sie zogen beide sehr viel Kraft daraus.

Ein Jahr später – Haydn

Mit der Aktentasche in der Hand stieg er die Treppen hinunter und stieß ein langes Seufzen aus. In seinem Kopf kreisten noch die Argumente seines Schlussplädoyers und all die Fakten und Daten des Falls. Sie hatten gewonnen, er war erschöpft, aber es war noch nicht ganz vorbei.

Kaum hatte er die Stufen hinter sich gelassen, strömten die ersten Journalisten auf ihn ein und hielten ihm die Mikrofone vors Gesichte. Haydn nahm sich zusammen und spielte seine Rolle. Es war der erste große Fall, den er mit seiner neuen Kanzlei bearbeitet hatte. So viel Mühe und Zeit war hineingeflossen, viele Hoffnungen und Erwartungen. Die Öffentlichkeit hatte alles verfolgt.

Konzentriert und seriös beantwortete er einige der Fragen und bedankte sich. Dann schob er sich energisch an der Meute vorbei. Er hatte ein klares Ziel und von dem wollte er sich jetzt keine Sekunde länger mehr abhalten lassen.

Draußen wartete Jeffrey mit dem Wagen. Sie umarmten sich fest und tauschten einen Kuss. Jeff hatte die Verhandlung nicht bis zum Ende begleitet, um andere Dinge vorzubereiten. Aber das war genau richtig gewesen. Es war wichtig, dass er auch schwierige Situationen allein meisterte, seine Unabhängigkeit nicht verlor.

Und dann war es umso schöner, wieder zusammen zu sein.

Der Wagen war jetzt aufgewärmt und für ihre Fahrt vorbereitet, die Kanzlei abgeschlossen, die Aufträge sauber übergeben. Er war bereit für ihren Kurzurlaub.

»Steig ein.«

Das musste Jeff ihm nicht zweimal sagen. Haydn ließ sich auf den Beifahrersitz fallen und schnallte sich an. Dann floss alle die Anspannung aus ihm heraus und kaum, dass der Motor dröhnte und der Wagen sich in Bewegung setzte, fiel die Maske des seriösen Anwalts von ihm ab.

Aus dem Autoradio kamen heitere Lieder aus seiner Kindheit und Jugend, die Jeff in einer Playliste extra für ihn gesammelt hatte, und im Handschuhfach lagen Süßigkeiten. Außerdem lag in dem Beutel zu seinen Füßen ein Plüschteddy, der bereit zum Kuscheln war. Haydn nahm ihn auf den Schoß, während er sich ein paar Gummitiere in den Mund steckte und sich die dünne Kuscheldecke bis zur Brust hochzog, die ebenfalls dort verstaut war.

Das tat alles so gut, dass er schnell einschlief.

»Wir sind da, Schatz«, sagte eine warme Stimme an seinem Ohr. Jeffrey griff über ihn hinweg und löste die Gurtschnalle. Zwar war Haydn aufgewacht, aber er ließ die Augen zu und tat schläfrig, weil er wusste, dass Jeff ihn dann in Daddy-Manier aus dem Wagen heben und tragen würde.

»Na komm her«, hörte er ihn murmeln, als er ihn mitsamt der Decke und dem Teddy aus dem Sitz hob und irgendwie mit dem Bein die Autotür zustieß. Kühle Nachtluft streifte seine Stirn. Jeff trug ihn zum Haus.

In den letzten Monaten hatte sich viel getan, sowohl privat bei jedem von ihnen als auch beruflich. Er selbst hatte die Kanzlei von Turner und Baxter verlassen und seine eigene gegründet, in die er Jeffrey mitgenommen hatte, und wo er kein

Geheimnis mehr daraus machte, dass sie beide zusammen waren.

Es war ein großer Schritt gewesen. Ähnlich groß wie Jeffreys Entschluss, seine Tante nach all den Jahren doch noch anzuzeigen. So fühlte es sich richtig an, aber Haydn und er waren sich einig, dass das Richtige für jeden anders aussehen konnte.

Außerdem hatte Jeffrey ein Sportprogramm begonnen, dem er hochmotiviert folgte – natürlich war er vorher schon wahnsinnig attraktiv gewesen, aber die größeren Muskeln waren die Kirsche auf der Sahne.

Das Haus, in das er ihn gerade brachte, war ihr eigenes. Etwas abseits der Stadt, auf einem großen Grundstück. Sie hatten es liebevoll eingerichtet. Hier draußen hatten sie nicht nur ihre Ruhe, sondern auch Platz für Spielereien, die in der Stadtwohnung so nicht möglich waren.

Jeff brachte ihn direkt in sein *Kinderzimmer*. Hier war alles in Haydns Lieblingsfarben gehalten. Es gab jede Menge Spielzeug und alles war weich und gemütlich – der ideale Platz, um alles andere zu vergessen.

Jeff setzte ihn auf dem Bett ab und Haydn lächelte bei dem weichen Gefühl und dem vertrauten Geruch der Bettwäsche. Hier war selbst das Waschmittel auf seine Bedürfnisse abgestimmt.

»Schläfst du bei mir?«, fragte er leise.

»Ich komme gleich kuscheln«, versprach Jeff und verschwand nur kurz, um seinen Mantel und die Schuhe loszuwerden. Als er wiederkam, hatte Haydn ihm etwas Platz in dem kleinen Bett gemacht und schmiegte sich glücklich an ihn.

Das Hemd durfte ruhig verknittern. Es war sowieso nur eine Verkleidung. Ab morgen würde er die bunten Sachen tragen, die hier in den Schränken warteten. Wobei er sagen musste, dass er sich auch im Alltag mehr traute. In seiner Kanzlei waren alle daran gewöhnt, dass er auch mal ein buntes Hemd trug, oder eine ausgefallene Krawatte. Sie waren mehr oder weniger sein Markenzeichen und nach seinem Erfolg bei diesem Prozess würde sich wohl auch kein Mandant mehr daran stören.

Sanft Hände strichen ihm durchs Haar und tiefes Glück erfüllte Haydns Herz.

»Ich liebe dich«, wisperte er.

»Ich dich auch, mein Schatz.«

Es war das beste Leben und Haydn genoss jeden Moment davon mit Jeff. Große Momente. Und kleine. Ja, vor allem auch die kleinen.

NACHWORT

Meiner Meinung nach ist auch in einem weihnachtlichen Roman Platz für ernste und wichtige Themen.

Im Jahr 2021 verzeichnete die deutsche PKS (polizeiliche Kriminalstatistik) 2.419 Fälle sexueller Übergriffe auf Jungen und Männer. Fast 600 davon waren Vergewaltigungen sowie sexuelle Nötigungen und sexuelle Übergriffe in *besonders schwerem Maße*.

Das Thema ist mit enormer Scham und Stigmatisierung verbunden, weswegen von einer hohen Dunkelziffer auszugehen ist. Die Tat wird mit vielen Vorurteilen und Mythen verbunden, die bis heute aufrecht erhalten werden.

Etwa glauben immer noch sehr viele Menschen, Männer seien *grundsätzlich immer* an sexueller Interaktion interessiert, und könnten daher gar nichts dagegen haben … Genauer will ich auf diese Vorurteile hier gar nicht eingehen, weil es mir nur wütend macht, das zu lesen oder zu schreiben.

Überlebende von solchen Taten suchen weniger oft Hilfe und neigen zur Verdrängung. Ich möchte daher auf die Hilfsangebote hinweisen, die existieren:

- Tauwetter e. V.; Anlaufstelle, für Männer, die in Kindheit oder Jugend sexualisierter Gewalt ausgesetzt waren, Berlin

- Hilfe für Jungs e. V.; Hilfe für Jungen bei sexueller Gewalt, Berlin
- Pfunzkerle e. V.; Fachstelle Jungen- und Männerarbeit, Tübingen
- Männerbüro Hannover; Beratungsangebot an männliche Opfer sexueller Gewalt, die jetzt über 27 Jahre alt sind
- Männerberatung; Beratung für Männer, die sexuelle und häusliche Gewalt erlebt haben, Schleswig-Holstein
Außerdem bieten »Dunkelziffer e.V.« und »Zartbitter e.V.« Beratung für alle Geschlechter an.

DANKSAGUNG

Ich danke meinen lieben Testleserinnen (vor allem Franzi und Sabrina) für ihre zuverlässige und liebevolle Unterstützung bei der Bearbeitung der Geschichte – ohne euch würde ich regelmäßig den Überblick verlieren.

Danke, meine lieben Patrone, für eure Unterstützung, ganz besonders Saphiraly, Caro, Jenny und Sabrina, meine Fluchbrecher.

Danke, liebe Constanze, für das schöne Cover!

Danke, liebe Leserin, lieber Leser, dass du Zeit mit Jeffrey und Haydn verbracht hast. Ich hoffe, du hattest ein kuscheliges Lese-Erlebnis und freust dich auf noch ein zweites Daddy-Romance-Buch aus meiner Feder? Eventuell hätte ich da nämlich bald noch was.

Hinterlasse in der Zwischenzeit gerne eine kleine (hihi) Rezension für »Little Nights« auf Amazon oder einem Bewertungsportal deiner Wahl. Jeder nette Kommentar und jede Empfehlung hilft mir sehr, weiterhin toll Gay Romance zu veröffentlichen.

WUSSTEST DU SCHON ...?

Dass du eine exklusive Gay Romance Kurzgeschichte (auch mit Urlaubsflair!) bekommst, wenn du dich für meinen Newsletter anmeldest? Du musst dich nur auf meiner Website https://gabriella-queen.de unter »VIP werden« dafür eintragen und deine Anmeldung bestätigen. Als Newsletter-Abonnent erhältst du hin und wieder (ca. 8x im Jahr) Mails von mir, in denen ich dich über meine Neuerscheinungen informiere oder kleine Gewinnspiele mit Buchgutscheinen veranstalte. Es lohnt sich auf jeden Fall für dich!

Mehr Daddy Bücher

Rhys hat die Schnauze voll von schmierigen Clubbetreibern, die ihm an den Arsch wollen. Als junger, unbekannter Künstler hetzt er von einem Job zum nächsten und kommt trotzdem nicht voran. Ein Sponsor muss her. Ein Sugardaddy vielleicht. Ein reicher Mann, der wenigstens dafür bezahlt, ihn anfassen zu dürfen, und der sich an gewisse Grenzen hält.

Parker könnte genau dieser Mann sein – reich, sexy, dominant auf eine Art, die Rhys sofort fasziniert und auf der Suche nach jemandem, mit dem er seine besonderen Vorlieben ausleben kann. Es ist ein Handel und die wichtigste Regel lautet: keine Lügen.

Die Spiele, die Parker mit ihm spielt, sind anders als Rhys erwartet hat. Die Anziehung wächst und zwischen Lust und Leidenschaft entstehen Gefühle, die keiner von beiden wahrhaben will, denn Parker ist mit Beziehungen fertig und Rhys verachtet die Welt, aus der er kommt.

Aber vielleicht ist es Zeit, neue Regeln zu schreiben …

ISBN: 978-3757853297

Nachdem sein Vater ihn vor die Tür gesetzt hat, droht Clemens auch bei seinem besten Freund der Rauswurf. Kein Wunder eigentlich – wer will schon ewig einen Nichtsnutz aushalten? Weil ihm nichts anderes übrig bleibt, begibt Clemens sich auf Jobsuche und stößt dabei auf eine ungewöhnliche Anzeige.

Was mit *Daddy* gemeint ist, weiß er nicht, aber das Angebot klingt wahnsinnig verlockend: Ein Dach über dem Kopf und ein stressfreies Leben, das er nicht selbst finanzieren muss? Jackpot!

Clemens trifft sich mit Gregor, dem Mann, der die Anzeige aufgegeben hat, und darf bald in die Villa mit dem hübschem Garten ziehen. Alles scheint perfekt – doch ein paar Details verunsichern Clemens. Hat der Hausherr mit der einschüchternden Brandnarbe im Gesicht ein Geheimnis? Und ist es nur das, was ihn so sehr an dem älteren Mann fasziniert, oder könnte da mehr zwischen ihnen sein?

ISBN: 978-3753418353